松尾芭蕉一日一言

今日一日を楽しく生きる知恵

境野勝悟＝編著

版社

まえがき

いま、俳句が盛んである。

俳句といえば、俳句を生んだ人は、芭蕉（一六四四―一六九四）である。五・七・五の詩の形は、世界中で、もっとも短い詩形である。

たった、五・七・五の十七文字の詩であるため、三、四歳のころから、小学生のころから、俳句がつくれる。詩の世界が、おさない子供から完成された老人にまで愛され、楽しまれているのは、まさに日本だけの世界にほこる芸術である。

芭蕉は、生涯をかけて、およそ九百八十句ばかりの俳句をつくった。今日、わたしたちがつくる俳句は、身近な生活の俳句で、わかりやすくて、親しみやすい。が、実は芭蕉の俳句の世界は、とても広く、とても深く、詠んだ材料も今日では存在しないため、その多彩きわまる内容は、なかなか理解しにくい。

本書では、九百八十余句の俳句の中から、現代のわたくしたちにもわかり易い三百二十四句を選んだ。それとともに、芭蕉の著作の中から心に残る珠玉のことばを四十二句取り上げて、あわせて三百六十六句とした。俳句では、散文詩の表現に超訳してみた。

まず、俳句を読んでいただき、つぎに超訳の散文詩をご覧いただき、ふたたび俳句を味わっていただいて、今日一日を楽しくうれしく生きる知恵のようなものを　あなた自身の直観で見つけていただけたら　すごくうれしい。

三百六十六句の中から、一句でも二句でも、あなたに喜ばれる俳句やことばを見つけていただき、あなたのポケットに入れて、悩みの少ない今日一日を楽しく送っていただけたら、私の幸せである。

秋風の大磯にて

著者

＊芭蕉の句の表記は『芭蕉全句集』（角川ソフィア文庫）を底本とし、漢字は新字体に改めた。

1月

1日　みんなで楽しむ正月

おもしろや　ことしのはるも　旅の空
（去来文）

正月は　心に泉がわくように
たのしい　うれしい
みんなで　いっしょに……。
でも　わたしは今年の正月も
旅の空をながめつつ
しずかな　あかるい村を
ひとり　歩いている。

みんなで楽しむ正月……これは最高に幸福。ひとり旅の村の正月……これも最高の幸福。

2日　新しい気持ち

門松や　おもへば一夜《いちや》　三十年
（六百番誹諧発句合）

玄関に　ちょいと　うれしい
松かざり　松かざり
京の家にも　山里の家にも
きのうまでの　さわがしさが
たった大晦日《おおみそか》の一夜で
あッと　三十年もすぎたように
あたらしくかがやく　新年になった。

新年にしか味わえない「あたらしい気持」は、喜びと感謝でいっぱいである。

3日　安らかな心

元日や　おもへばさびし　秋の暮
（真蹟短冊）

あなたも　わたしも
みんなで　元日は
たのしい一日であった。
でも　ふと　ひとりになって
考えごとをしていると
秋の暮れと同じように
とても　さびしかった。

さびしいときは、落ち着いている。実は、さびしさから、安らかな心が湧いてくる。

4日　若く生きる秘訣

年は人に　とらせていつも　若夷《わかえびす》
（千宜理記《ちぎりき》）

わたしは　いつも　みんなから
生き生きして若いね
といわれる。
なぜだろう？
いつも人には年をとらせて
自分だけは　うまく
年をとらないから……。

自分はいつまでも若い。こう思うだけで若く生きられる。みんな気のせいだから……。

5日 平穏無事の基盤

天秤《てんびん》や　京江戸かけて　千代の春
（誹諧当世男《はいかいいまようおとこ》）

でっかい天秤に
京大坂と　江戸を
両端に　ひっかけてみよう。
どっちが　重くてもいけない
二つの景気の釣り合いが
うまい具合になるような
新年になるように……。

京大阪と東京の調和した経済の発展が、わが国の平穏無事の基盤となる。

6日 華やかな花の新春

薦《こも》を着て　誰人《たれびと》います　花のはる
（其袋《そのふくろ》）

だれも　かれも
華やかな　花の新春
どなたか　知らないが
薦を　頭からかぶって
乞食の姿で
ひとり　ポツポツ歩きながら
新年を迎えていらっしゃる。

この俳句は、当時は、めでたい新春に乞食を詠んだといって、問題視された。

7日　目立たずともよい

一《ひと》とせに　一度つまるゝ　菜づなかな

（泊船集）

だれが　とってくれるやら
ふだんは　見向きもされないのに
一年に　たった一度だけ
七草の日は
取って　取って
競りあって　摘まれる
かわいい　菜づな……。

人と競い合っていつも目立たなくてもいい。菜づなは一年に一度ちょッと目立つ。

8日　冬の日の影法師

冬の日や　馬上に氷る　影法師

（笈《おい》の小文）

もはや　ひとりで
寒い田んぼの間の道を
馬にのって　進んでいく。
冬の弱い日ざしが
肩にあたって
凍りついたような
わたしの影も　歩いていく。

凍りついたような自分の影も、馬の上にのっている芭蕉の姿も、寒さで固まっている。

9日　あたたかな新年

此《この》梅に　牛も初音《はつね》と　鳴《なき》つべし

（江戸両吟集）

畑のそばで
梅の花が　ゆるやかに　咲く。
わたしに告げるように……
うぐいすが　はじめて　鳴く。
ねそべっていた牛も
立ち上がって　せのびして
もーッ　と　初音を鳴く。

梅の花も、うぐいすも牛も、みな新しい春を喜ぶ。だれもが一つになる、あたたかい新年。

10日　自然の宝もの

梅柳　さぞ若衆《わかしゅ》哉《かな》　女かな

（むさしぶり）

光をあび
ぴんと咲いた梅の花
りりしい
若い男の風情だ。
ゆっさ　ゆっさ
風に流れる柳は
なよやかな女性の風情だ。

男のりりしさ、女性のすがすがしさ。皆、生まれた時に自然からもらった宝もの……。

11日　藪に咲く梅の花

わするなよ　藪《やぶ》の中なる　むめの花
（俳諧勧進牒）

梅の花は
やぶの中にかくれて
香りふっくら
咲いている。
やぶには　だれも足を入れない。
でも　どうか
わたしを忘れないでくれ！

藪の中に咲く梅の花を、やさしく見られるようになれば、広い世界がわかり出す。

12日　本来の独自性

香に、ほへ　うにほる岡の　梅のはな
（ありそ海）

すこしどろっぽい
悪臭の泥炭《でいたん》地に
じっと　だまって咲いている
梅の花よ！
どうか
もっと　もっと　もっと
もっと　香ってくれ！

悪臭の泥炭地に、むしろ美しく咲く梅の花！　そこに本来の独自性がある。

13日 乙女と梅の花

御子良子《おこらご》の　一《ひと》もとゆかし　梅の花

（笈の小文）

伊勢神宮の
神に供える　食べものを
みんなで　きちんと整えている
少女たちの明るい姿。
すぐそばに　一本だけ
梅の花が　咲きほこる。
乙女と梅の花が　ハッと　心をひく……。

梅の花の風景のなかに、巫女《みこ》さんの姿が、
あざやかになじむ日本の古代の風景。

14日 恋のいのち

紅梅や　見ぬ恋作る　玉すだれ

（桐葉宛書簡）

つつましく　わかい女性の
小さな声が　きこえる。
奥のすだれのかかった
影になった部屋から……。
どんな美女がいるのかなあ？
紅梅の香りがする
会えない人への恋心。

会えなくても　梅の香のなかの女性の声
だけで、恋のいのちが生まれてくる。

15日　時の流れ

山里は　万歳《まんざい》おそし　梅の花

（笈日記）

年が明けると　山里にも
春が　やってきた。
新年の空　青い。
白い　やさしい梅の花が
もう　村いっぱいだ。
万歳よ　早く村へ来て歌ってくれ！
おそいぞ　おそいぞ　早く来い！

時間の流れは一定だが、山里の時はゆっくり。ゆっくりの中でみんなで万歳喜ぶ。

16日　幸福な時間

かぞへ来ぬ　屋敷〳〵の　梅やなぎ

（旅館日記）

ひとりで歩きながら
塀越しに　咲きほこる
梅の花と
春の風に流れる
やなぎを数えながら
ゆっくり
ゆたかな春を　みつめていた。

人の目など一切気にしないで、自然の美しさをひとりで嬉しがっている時が、幸せ！

17日 生きることの楽しみ

蒟蒻《こんにゃく》の　さしみもすこし　梅の花
（芭蕉庵小文庫）

なにごともなかったように
しずかな　しずかな
梅の花……。
その花だけを見つめて
こんにゃくのさしみで
ちょッぴり　酒を飲む。
うまい！

こんにゃくちょッぴりのさしみで、梅の花を見ながら酒を飲む。生きるとは、素晴らしい。

18日 芸術の神髄

春もや、　けしきと、のふ　月と梅
（木因宛書簡）

空には　丸い丸い
大きな　満月が　ひとつ
春のもやが
ねむるように　かすんで
しずかに　風に流れている
梅の花が　ほほえむように咲く。
月と梅の絶景の芸術。

日常の自然の景色の中に芸術がある。芸術は深く入りこむほど広くなる。

19日　ちょッとした言葉で

むかふところ皆表《おもて》にして　美景千変ス

（士峯の讃）

富士山を　みる。月を　みる。梅を　みる。だれがみても　いつみても　表面の形は　まったく変わっていないのに　ちょッとした日和《ひより》の加減で　やわらかく降る雪で　雨で　かすみで　風で、にじで　景色が千変万化する。日常生活も、そんなに変わっていない毎日でも、出会った人のちょッとしたあたたかい言葉やつらい言葉で一日の気分が　千変万化する。

20日　雪のあたたかさ

面白し　雪にやならん　冬の雨

（千鳥掛）

まあ　つめたい
つめたい雨が
屋根という屋根に
ふりそそいでいる。
おもしろいぞ！　あれ　あれッ！
だんだん雪に変わっていく。
ふんわりと　心があたたかくなる。

つめたい雨が、雪に変わると、かえってあたたかくなる。雪が好きだから……。

21日 心も曲がる

しほれふすや　世はさかさまの　雪の竹

（続山井）

雪の重みで
どんどん　どんどん
曲がって　曲がって
あの　美しいまっすぐな竹が
さかさまに　ひれふしていく。
竹は　つらい方へつらい方へ
どんどん　曲がる。

つめたい戦争が始まるとみんなの心が曲がる。残酷な人殺しをどんどんするようになる。さかさまの世となる。

22日 人生の無常

波の花と　雪や水に　かえり花

（如意宝珠）

波が　浜べに
大きな　花が咲いたように
バーンと　くだける。
その波の花に
はら　はら　雪が降り込む。
ああ　あの雪は　波にもまれて
ふたたび　水に返っていくのか？

少しの時間、静かに自然の姿をみつめていると、人生の無常の見方にふと変わる。

23日　美しい雪の力

馬をさへ　ながむる雪の　朝哉《あしたかな》

（野ざらし紀行）

目をさました！
あッ　雪だ　雪だ。
旅人がぽつんと一人
馬にのって　美しく
雪の道を　歩いていく。
雪が降りつもった朝は
馬まで　ふだんと違って　親しい。

馬は、動物！　自分は人間と思っていたが、美しい雪が、馬と人間をひとつにしてくれる。

24日　楽しい心

市人《いちびと》よ　此《この》笠うらふ　雪の傘

（野ざらし紀行）

着物や食べものを
買おう！　買おう！
あッ、これがいい！　あれも買おう。
市に集った人に　わたしは
いま、雪の降る山を歩いて
きれいにつもった笠の雪を
売ろうか……。

きれいな着物！　おいしい食べもの！
芭蕉は美しい笠の雪を売ろう！　ゆとりある楽しい心だ！

25日　雪の景色

京までは　まだ半空《なかぞら》や　雪の雲

（笈の小文）

やあ、どうしよう？
京都まで
ちょうど　道半分のところで
雪模様の雲が
いっぱい空にわいてきた。
こりゃ　すごい雪になる。
いこうか？　やめようか？

雪が降ったら、いやいや大変なこと。でも芭蕉は旅をつづけた。雪の景色がたまらない。

26日　つらくてもやる

箱根こす　人も有《あ》らし　今朝の雪

（笈の小文）

わあッ。まッ白な光の世界！
今朝は、一面の銀世界！
こんな雪の中でも
箱根のけわしい峠の道を
コツ、コツ越えて行く人が
いるらしい……。
もちろん、わたしも平気だ。

人生が狭くなるのは、どうしてか？　つらい！　と思ったらすぐ止めるから……。

27日　行動の原理

いざ行《ゆか》む　雪見にころぶ　所まで
（笈の小文）

大空の　果てから
さら　さら　さら　さら
雪が　舞った。わッ、きれい！
さあ！　行くぞッ
心を　おどらせて
転んでしまう所まで
雪を見に行こう！

雪をつめたいと思うとうごけない。きれい！　と喜ぶと転ぶまで平気。喜びは行動の原理だ。

28日　迷うからこそ

明《あ》くれば又しらぬ道まよひ行《ゆく》
（おくの細道）

旅の一夜が　明けた。
ああ、きのうは道に迷ったなあ！
今日も　また、きっと
迷いながら
旅をするだろう！

迷うのは、いやだ。苦しい。大変だ。しかし、迷うからこそ、人間は、どんどん成長している。迷いの解決のために、時間も手間もかけよう。迷うほど、人間は、光る。

29日 「すき」を貫く

若き時より　よこざまにすける事侍《はべ》りて

（幻住庵ノ賦）

若い時から、けっして人にほめられるような、人から認められるような、価値のあることではなかったけれども、すきですきでたまらないことがあった。わたしは、その価値のない「すき」なことをずーッと貫いて生きてきた。

人は、けっして、人にほめられるために生きてきたのじゃない。自分のすきなことを見つけるためだ。

30日 捨てがたきもの

さすがに捨てがたき情の　あやにくに

（閉関の説）

芭蕉は、一時、まったく世を離れた。四十八歳の時も、五十一歳の時も、数ヶ月、門を閉じて、まったく一人の生活をした。世の中のごちゃごちゃしたしがらみから離れたかったのであろう。が、その時でも、どうしても「捨てがたき情」女性に対する関心、愛情だけは、「あやにくに」きびしく迫ってきて、捨てられなかった。

31日　恋の力

恋なくては　詮《せん》なき事也

（三冊子）

むかしから、男女の恋についてはした方がいい、しない方がいいとふたつに分かれる。芭蕉は、恋の句を詠まない人は、ほかにいくらたくさんの俳句を詠んでも、つまらないものだと、いっている。芭蕉は恋の俳句を、特別に大切にしている。恋は、人の心を活性化し、生きる意欲を向上させ、人が成長する源である……と。

2月

1日 太陽の力

むめが丶に　のつと日の出る　山路かな
（すみだはら）

歩いても　歩いても
くらい　くらい山の路
かくれるようにして
梅の香りが　ただよってくる。
突如！　パッと　朝日の顔……。
急に　すぐ目の前に
まッ白の梅の花が　美しい。

日ごろ太陽の光の力など、無視して生きている。が、日の光がなくては花も見えない。

※むめ…梅。

2日 梅の香り

むめが香に　追《おい》もどさるゝ　寒さかな
（続寒菊）

梅の花をみていると
ああ　春だ！
やっと　春がきたと
喜んでいると
ぶる　ぶるッと　寒気！
梅の香りが
寒さを　押し戻したな。

梅の花が咲いたのに寒い。不愉快に思ったら一日が暗い。寒くしたのは梅の香りだ。

3日　人生の楽しみ

傘《からかさ》に　押《おし》わけみたる　柳かな

（すみだはら）

押しわけ　押しわけ
雨につつまれ
すらりッと流れる
長い　細い　柳の枝を
からかさを　まわしながら
びっしょり　ぬれて
柳を見つめる……。

努力をして金をかせぐばかりが、人生の楽しみじゃない。春雨にぬれても楽しい。

4日　他人に喜ばれる生き方

鶯《うぐいす》や　柳のうしろ　藪《やぶ》のまへ

（続猿蓑）

朝から　ばんまで
うぐいすは
うれしいのだろう！
つっ張って　かわいい声で
柳の木のうしろの方で……。
あッ、こんどはすぐやぶのまえで
飛び移って　ないてる。

うぐいすの声は、だれにも喜ばれる。私も他人に喜ばれるように、生きてみたい。

5日 心ひとつ

鶯や　餅に糞《ふん》する　椽《えん》の先

（鶴来酒）

餅のうえ！
うぐいすが　さッと
縁先に飛びおり
かげぼししている
まっ白で　うまそうな餅の上に
いたづらっぽく
ぽとんと　糞をした。

餅の上に糞をされて不機嫌になるか？　面白い景色だと思って楽しめるか？　どっちだ？

6日 幸せのありか

春なれや　名もなき山の　薄霞

（野ざらし紀行）

春だ！　春だ！
春が　やってきたんだ。
だれも　知らない
名前もない山に
うすく　霞が　たなびく。
あの山も　霞がかかって
うれしかろうなあ！

幸せというものは、自然のどこにも存在している。薄霞や春雨の景を味わえる幸せ……。

7日　一日を明るくするもの

花の顔に　晴《はれ》うてしてや　朧月《おぼろづき》

（続山井）

花　花　花
春は　花が　明るい
そっと　笑うように　明るい
花の美しい顔に
すっかり　圧倒されて
月は　おぼろに
かすんで　しずかだ。

一日を暗くしているのは、自分の心だ。花も月も、自然は、いつもひそかに明るい。

8日　古人との交わり

梅が丶や　見ぬ世の人に　御意《ぎょい》を得《う》る

（続寒菊）

ぱッと　花がはじけるように
梅の香りが　ひらく。
香りに　うっとりしていると
見えないけれど
梅の匂いをうまく詠んだ
むかし　むかしの歌人と
近づきになった気がする

むかしの歌人には会えない。が、名歌を読むと、古人の生きる気力が自分に沸き立ってくる。

9日 ひとり時間を楽しむ

酒のめば　いとゞ寐《ね》られね　夜の雪
（蕉翁句集草稿）

思う通りに
夜の雪が
はら　はら　はら　はら
しずかに流れ落ちる。
しみじみ　ながめながら
ちび　ちび　酒をのんでいると
楽しくて　ねむれない。

自分だけで、いかに時を楽しく過ごすかを知っている人が、他人とも一緒に楽しめる。

10日 降る雪に想う

二人見し　雪は今年も　ふりけるか
（笈日記）

わたしは　いま
去年　あなたと二人で
ゆめを見ているように
なつかしく　眺めた雪が
まったく　ちがわないで
こっそり　こっそり
そのまま　ふっている。

自分が大切に愛した人が世を去った。ふたりが本当に好きだった雪が、降っている。

11日 すべては自分の心

ひごろにくき　烏も雪の　朝《あした》かな

（蕉獅子集）

わるいことでもしたように
みんなに　いやだと
いつもにくまれている烏さん……。
まっ白の朝の雪のなかを
すーッと　飛んでいるときは
烏さんの風情は　まるで
ぐッと　深くなる。

かわいい烏もにくらしい烏も、実は存在しない。ただ人が勝手にそう感じるだけだ。

12日 無心

庭はきて　雪をわする、　はゝきかな

（篇突）

はいても　はいても
雪が　ある。
きのうは、大雪だったなあ！
さッ　さッ　さあーッと
ほうきで　力いっぱい
はいているうち
ふと　雪を忘れてしまった。

雪をはくのは大変。でもはいているうち、雪を忘れ無心に箒《ほうき》をうごかしていた。

13日 もとのままの自分

あられきくや　この身はもとの　ふる柏

（続深川集）

千万の
小さな　あられが
パタ　パタ　ハラ　ハラ
音をたてて　降る……。
音を聞いているいるわたしは
枯れても落ちない柏の葉のように
もとのままの自分でいる。

もとのままでいいんだ。もっとよくなろうとするから、「幸せの私」が逃げる。

14日 素直に受け止める

いかめしき　音や霰《あられ》の　檜木笠《ひのきがさ》

（ひとつ松）

夜がくるまで
人の世を　荒そうと
天空から　あられが
はげしく　たたきつける。
しっかり　手ににぎった檜木笠に
激しくぶつかるいかめしい音を
すなおに　聞いて　歩く

つらいときめつける自然現象は、ない。あられの激しい音は、そのまま、聞く。

15日　無心に遊ぶ

いざ子ども　走《はしり》ありかむ　玉霰《たまあられ》
（智周発句集）

玉のように
でっかく　丸いあられが
太鼓をならして　ふってきた。
さあ　子供さんたち
あられの中を
走り廻って　走り廻って
力いっぱい　遊ぼう！

子供たちと無心に遊んでいる時が、いちばん積極的・すなおな自分になれる。

16日　あられの叫び声

石山の　石にたばしる　あられ哉
（あさふ）

石山寺は
まっ白な岩の山に
こっそり建っている。
その石山の白い石の上に
あられが　激しく当たって
びしッ　びしッ　パッ　パッ
飛び散る。飛び散る。

あられが石にあたって、叫び声をあげる。その音で生きる力も、湧いてくる。

17日 幸せの構造

雑水《ぞうすい》に　琵琶《びわ》きく軒の　霰哉

（ありそ海）

ふッ　ふッ　ふッ
と、あつい雑炊《ぞうすい》を
食べ　食べ　食べ
ときどき　箸を休めて
軒を　パラ　パラ打つあられの音を
琵琶《びわ》の音　そっくりに
聞いている。

「幸せ」の構造は簡単である。常に生命の力を感じる心を持つ。

18日 困窮が力をつくる

櫓《ろ》の声波ヲうつて　腸《はらわた》氷ル　夜やなみだ

（むさしぶり）

深川の　まずしい生活！
ひとり　病気の床のなか
寒い！　夜がふける。
舟をこぐ音が
波をたたいて　耳をさく。
ひとすじの涙が
流れる。

自分一人で自由に生きるには、すごく力がいる。毎日、さびしさのピンチを経験させて、生きぬく力をつくる。

19日 一心に祈る

春の夜や　籠《こも》リ人《ど》ゆかし　堂の隅

（笈の小文）

知らない人が
ひとりぽっちで
お堂のすみっこで
ひたすら　ひたすら
恋しい人を　一心に
したわしく　祈りつづける。
春の夜だ！

大事な人が幸せになってほしい。自分のためじゃなく人のために祈る祈りはすばらしい。

20日 偏見を捨てる

ひとくせあるを種として

（貝おほひ）

他人や　友だちを見るとき……。
やれ　平凡なやつだとか
まあ、自分のタイプだとか
いや　自分のタイプじゃないとか
印象が　いい。わるい！
気に入った。気に入らない！
と　ラベルを貼らない。
人は　みんな　ひとくせある。
その　ひとくせを種として
人生を実らせていくのだから……。

21日 四季を友に

四時《しいじ》を　友とす

（笈の小文）

生きる価値！　それは　なんであろうか？　この世に　これぞという生きる価値を　いくらさがしても、なかなか見つからなかった。芭蕉は　四季を友として大切にすることを　人生の価値とした。春は花を！　夏はわき立つ雲を！　秋は月を！　冬は雪を！

四季の移り変わりを友として生きれば、あまり悩まない人生が送れる。

22日 どの花も、どの人も

見る処　花にあらずといふ事なし

（笈の小文）

みんな同じ自然の大きな生命を生きている。あの人は　好きだ。この人は嫌いだと、じたばたする意味はない。みんな自然の対等のでっかい生命を　せいいっぱい生きているのだ。花だって、自然の創造の力で、咲いている。この花は美しいが、あの花はきたないとレッテルを張りつけない。花も人も、どの花も、どの人も、すばらしい。

23日　何を見ても

おもふ所、月にあらずといふ事なし

（笈の小文）

自分が、「いやだ」と思っても、「いやだ」というものは、実はない。ただ、自分だけが、勝手に「いやだ」と思っているだけ。口から出したタンは、「いやなもの」だ。でもタンにはもともと「いいもの」「いやなもの」はない。もし、どんなものをみても、「いやだ」と思わないですめば、何を見ても美しい月をみるように心は澄む。

24日　一筋につながる

つゐに無能無芸にして、只此一筋に繫《つなが》る

（笈の小文）

毎日　まじめにがんばっているのに、どうしてもうまくいかない。もっと、能力を高めたい！　もっともっと豊かな人生を目ざして、さまざまな能力をつけていきたい。けっこうなことだ。が、つかれる。芭蕉は無能無芸で世の中の役にはたたないかも知れない。つまらないこと役に立たないことだといわれても　わたしにはこれしか出来ない……と。

25日 頭を空ッぽに

夏炉冬扇《かろとうせん》のごとし

（許六離別ノ詞）

いい結果を出して人にほめられよう！　人に認められよう！　いつもいつも全力投球。あそこでもここでも全力疾走。体がもたないよ。どうだろう。たまには、そんなこともむだなこと、なんの役にもたたないことをしてみる。夏の暖房、冬の冷房のような役に立たないことをして頭を空ッぽにして遊んでみる！

26日 宇宙の生命

静《しずか》にみれば　物　皆自得す

（蓑虫説跋）

宇宙は、でっかい。途方もなくでっかい。宇宙の生命は、ずッと、ずッと、ずーッと昔から……。これからも　ずーッと、ずーッとつづいていく。大空を、大地を、山を川を木を花を鳥を虫を、しずかに見ているとその奥の奥の方に、その偉大な宇宙の生命を直感する。目には見えないが、たしかに存在する宇宙という生命が見つかる。

27日　自然の奥に光る世界

物の見へたるひかり、
いまだ心にきえざる中に
いひとむべし

（三冊子）

たとえ　小さな　小さなペンペン草でもぢかに、じーッと静かに見つめていると、ペンペン草のちっぽけな花の中に　宇宙の広くひろがった深く大きな生命が生きているのを、パッと光のように感じる。その光が心から消えないうちに、五・七・五の俳句にする。自然の奥に、何物か光る芸術の世界を、芭蕉は、発見した。

28日　身体の根源

百骸九竅《ひゃくがいきゅうきょう》の中に物有《ものあり》

（笈の小文）

わたしの体は、百も二百も、たくさんの骨でつくられている。また、体には、鼻や耳や目や口や九つの穴があいている。骨のまわりを豊かな筋肉がつつみ込んでいる。九つの穴は、それぞれきちんと働いてくれる。うっかり忘れてほしくないのは、骨をつくったものが穴を働かせているものだ。筋肉をつくっているある「物」だ。それは宇宙のでっかい生命だ。

29日　欲望をすてる

貴《とうと》さや　雪降らぬ日も　蓑と笠

（をのが光）

あの絶世の美人
うつくしい　美しい
小野小町は　年とってから
一切をすてて　旅をした。
彼女は　雨や雪が降らなくても
いつも　簑と笠だけは持ち歩いた。
いかにも　尊いことだ……。

わかき欲望を一切すてて、簑と笠だけを大切にしてさすらいの旅をする小町の姿は尊い。

3月

1日 人生とは

古池や　蛙飛《とび》こむ　水のおと

（はるの日）

しずかな　しずかな
古い池
むかしから　ずっと　むかしから
しずかな　白い池……。
蛙が　飛び込んだ。
ポチャン！
この音が　一瞬の生命……。

仏頂和尚の「人生とは？」に答えた句だ。人生とは「ポチャン」。あっという音の間だ！

2日 仏法の網

白魚や　黒き目を明ク　法《のり》の網

（旅館日記）

しずかに　しずかに
さっと　すくわれた白魚
それっきり
すまして　キラキラ
黒い目を　開けている。
仏法の網に　すくわれて
悟ったように　すがすがしい。

網にかかってすくわれた白魚は、少しも死を恐れず、いのちを喜んでいる仏だ。

3日　いまを懸命に生きる

草の戸も　住替《すみかわ》る代《よ》ぞ　ひなの家

（おくの細道）

草のしげっていた戸口
一人住まいの　あれた家を
いま　旅に立つ。
つぎに住んでくれる人には
小さな女の子がいて
かわいい　おひな様を
かざって　楽しかろう！

楽しい時悲しい時嬉しい時苦しい時、いくら時が変わっても、いまを一生懸命に生きよう！

4日　子供の姿

両の手に　桃とさくらや　草の餅

（桃の実）

かわいい指で
右手に桃の花
左手にさくらの花をつかんで
花をちらッと見ながら
小さな口をうごかして
草餅を　おいしそうに
食べている。

子供は、元気ならそれだけでいい。元気なだけで生きがいをもった大切な子供なのだ。

5日 元気でいてこそ

煩《わずら》へば　餅をも喰《くら》わず　桃の花

（夜話ぐるひ）

病気になったら
かわいそう。
みんなは　たのしそうに
うまそうに……。
ひな祭りの草餅をたべているのに
ただひとりで
桃の花を　見つめている。

「花より、団子」というけれど、病気になったら、うまい団子が、喰《く》えない！

6日 露が添える美

山吹の露　菜の花の　かこち顔なるや

（東日記）

山吹の露は
ひとつ　ひとつ
みんな　かわいい。
山吹の花ばかりに　ぽいとのった
露が　ほんとにきれい。
そばの菜の花は　だれも見ない。
どうして？　露がないから……。

山吹も菜の花も、咲かせる自然の力は同じ。ただ露があるかどうかで、グンと美しさが変わる。

7日 心を癒やす

菜畠《なばたけ》に　花見《はなみ》皃《がお》なる　雀哉
（泊船集）

すずめが　菜の花畠に
飛んできた
青い春の空から……。
すずめは　そのまま
じーッと　うごかないで
いま　きれいな　黄色い菜畠の
花見をしている。

怒らない、腹をたてない、イライラしない。そうなりたかったら、菜畠の自然を見る。すずめと一緒に……。

8日 心術の工夫

山路来て　何やらゆかし　すみれ草
（野ざらし紀行）

せっせ　せっせ
汗が　ぽっつり
山の路
あッ
ほら　ほら　あそこに
すみれ草
なんと　親しい花なんだ。

人生落ち込まないためには、舞い上がること。山路のすみれ草をゆっくり眺めて！

9日 滝の音

ほろ〳〵と　山吹ちるか　滝の音
（笈の小文）

がちゃ　がちゃ
わい！　わい！
町のさわぎは　うそのよう
山では　滝の音が　鳴りわたる。
春の滝の流れの中に
山吹の花が　散っていく。
ほろ　ほろ　ほろ　ほろ……。

もし、静かな心になりたかったら、美しい自然の景の音と向き合うことだ。

10日 違いを受け入れる

葉にそむく　椿や花の　よそ心
（放鳥集《はなしどり》）

両手をひろげるように
葉っぱにだかれて
うつくしく咲く椿の花
葉っぱをひっくりかえして
冷たく　よそよそしく
反抗しているように咲く椿の花……。
気にすることはない　自分の姿だ。

だれにも自分の環境がありクセがある。他人との違いを受け入れてそのまま生きる。

11日 人生を深く生きるには

うぐひすの　笠おとしたる　椿哉

（猿蓑）

うぐいすは
花のしげった
椿のなかで
ホー　ホケキョッ……すると
うぐいすの鳴き声が
赤い椿の花を
ぽとりと　落とした。

人生を深く生きるには、平凡な自然の日常の変化を切りすてない。鳴き声で花が散る

12日 花を見る

船足《ふなあし》も　休む時あり　浜の桃

（船庫集《ふなぐら》）

波が　ひたひた
しずかに寄せる浜辺に
ちらほら
桃の花が　やさしく咲く。
うごいてきた船も
そこで　ひたッと休んで
だまって　花を見ている。

美しい桃の花が、小舟の行動に結びつく。こんな不思議な世界に、人間の心が開く。

13日 よく見る

よくみれば　薺《なずな》花さく　垣ねかな

（続虚栗）

よーく　見る。
垣根に咲く　なずなの花！
まっ白で　ちいちゃい
一センチほどの　十字の花。
よーく　見て
よーく　よーく　見てください。
こんなにも美しい花！

なずなの小さな花にも、自然の不思議な活力！　なずなの花の中に快い波動がある。

14日 春風を受けて

春風に　吹き出し笑ふ　花も哉

（続山井）

ほんとうに　ほんとうに
春の風は　気持ちいい。
あの花も　この花も
あんまり　気持ちよくて
ふーッと
吹き出し笑いをしながら
ひとつ　ひとつ　花をひらく……。

顔をまっ直《す》ぐに上げて、明るい春の風をほほに受けよう。病んだ心に、ふと花が咲く。春風で花が笑う。

15日 石の中の神さま

石をすえて　其神と名のる

（野ざらし紀行）

いったい、だれが考えたのか？　石に、コッコッと名前をほって、その石を神さまにしてしまう……。

神さまは、ふつう、立派な神社におわします。それなのに、石に神さまの名前だけをほって神さまにする。その石を畑のそばや山の道においておくと、道ゆく人は神さまと思って合掌礼拝する。すると運命が、どんどん好転する。不思議な力がある。

16日 幸せの門

無門の関も　さはるものなく

（鹿島紀行）

幸せに生きるには　門はない。つまりこの門に入れば幸せになれるよ……という門なんてどこにもない。東大の門に入ったところで、幸せになれるか？　わからない。幸せになる門はない。「無門」だ。幸せになろうと思ったら、どこかに幸せの門をさがしてはいけない。門をさがさず、自分がいま人間として生きているそのことが幸せなのだ。自分の心の門をあけよう！

17日 未来を拓く

あめつちに　独歩していでぬ

（鹿島紀行）

だれにでも　きっと　けっして消えることないつらい過去が　ある。そのことを思い出して、くやしがったり、うらんだり、悲しんだり……。そんな時間をすごしていると、あしたの楽しい未来は　なかなか拓けない。そんなとき、まっ白な雲が流れる空をながめながら、自然ゆたかな山の道を、ひとりで歩いてみることだ。つらい過去は、さっと、消える。明るい一日がくる。

18日 山の力

愛すべき　山のすがたなり

（鹿島紀行）

心が折れてしまいそうなとき、どうやって　負けない心を保つことができるのだろう？

まず、いい本を見つけ、本を友として本を糧にしながら　あしたに明るい希望をもつコツをつかむ。もっといいのは山をみることだ。美しい山の姿をみること！　愛すべき山を見つけて静かにしみじみと眺めていると、前向きに生きる波動が生まれる。

19日　芭蕉の門人

我ためには　よき荷擔《かたん》の人

（鹿島紀行）

芭蕉の門人には、物乞いもいた。外《ほか》の弟子たちは、物乞いはきたないし、気分が悪いから、俳句の会には、出席させないよう、芭蕉に頼んだ。が、芭蕉は　物乞いでも、俳句を学びたい人をやめさせることはできない！　と物乞いにもいつもあたたかく心を開いていた。物乞いは、そんな芭蕉を守りつづけた。芭蕉は「物乞いは私のためにはよい味方の人だ」と親しくした。

20日　寿命が延びる

初花に　命七十五年　ほど

（江戸通町）

こんな　小さな花なのに
春の空に　いっぱい……。
今年　いちばんの　小さな
小さなさくらの花ひとつ……。
初ものを食べると　七十五日延命！
この初花のたましいにふれたら
七十五年　命が延びる！

思いがけない！　さくらの初花に喜びと
好奇心を持てば、人生は長生きする……と。

21日 花を友とす

初桜　折しも今日は　能日《よき》なり

（蕉翁全伝）

みじかい　みどりの
春の木……。
そこに　初桜が
ぽつり　咲いた。
わたしは　ひとり
花を友にして　旅に出た。
ああ　なんといい日なんだ！

初桜が咲くのを見つけ、ああよかったと確認すると、その喜びでその日がすごくよい日になる。

22日 若々しき心

顔に似ぬ　ほつ句も出《いで》よ　はつ桜

（続猿蓑）

きのうまで
咲かなかったさくらが
きょう　美しく　ひらく！
年寄りじみた顔をしてる人も
かわいい　はつ花をみて
顔に似合わない
若々しい俳句を　つくっている

老人は桜のはつ花を見てそれを俳句にしようとした時、ふと若々しい心を、取り戻す。桜の花の無心の力だ。

23日　人を惹きつけるもの

咲乱《さきみだ》す　桃の中より　初桜

（芳里袋《はりぶくろ》）

あかるい花よ！
やさしい花よ！
ゆれてる花よ！
桃の花が　咲き乱れている。
その中に　ぽつり
影は小さいが
初桜だ！

たくさんの桃の花の中で、桜の花がぽっつり自分だけ咲く。そこに人が集まる。

24日　雨もまたよき

草履《ぞうり》の尻　折《おり》てかへらん　山桜

（誹諧曽我）

黒い雲から
雨が　ふってきた。
もっと　花を見ていたいのに
こりゃ　だめだ！
草履の紐《ひも》を　しっかり結んで
尻端折《しりぱしょり》をして
桜の一枝を折って　帰ろう！

花見の途中に雨。じゃ桜の枝を折って、家で花見をしよう！　雨が降っても、文句がでない。

25日 景色を見つめる

やまざくら　瓦《かわら》ふくもの　先《まず》ふたつ

（笈日記）

すまして　キラキラ
山桜
山と谷と野原いっぱい！
咲きほこる　花の中に
寺の本堂と塔の
瓦《かわら》ぶきの屋根が二つ
だまって　しずかに……。

顔をまわして、ゆっくり景色を眺めよう！　瓦ぶきの屋根は奥が深いから、面白い。

26日 心の故郷

うらやまし　うき世の北の　山桜

（北の山）

やかましい　浮世から
ずーッと　ずーッと離れた
北の国に
ちらほら　山桜が咲いている。
雲が　ひとりで空をすぎていく。
しずかな　しずかな山桜……。
ずーッと　ここに住みたい……。

人間は、無意識の間に、桜の花のある場所にあこがれている。桜の花は、心の故郷だ。

27日　楽しく生きるには

糸桜《いとざくら》　こやかへるさの　足もつれ

（続山井）

風が　ぴゅうと来て
糸のように　細くて長い
しだれ桜の枝が　流れる。
枝が花見酒でふらついた足にからまって
こりゃまあ！
これじゃ　なかなか
帰られねェ……。

人生はたった一度だから楽しく生きよう。
楽しく生きるには、自然を友とすること。
自然を愛すること。

28日　心が若がえる

姥桜《うばざくら》　さくや老後の　思ひ出《いで》

（佐夜中山集）

山のおくに
うば桜
古木に咲いた
美しい　美しい花。
でも　ちょッぴり……。
老後の思い出に　わたしもちょッぴり
一花咲かせるか！

花でもみてちょッと心がふるえると、老いた人生がとても若がえって面白くなる。もう一度、俺も咲くか！

29日 心で仕事をする

植《う》る事　子のごとくせよ　児桜

（続連珠）

かわいくて　たまらない
小さな　小さな　さくら
あッ　そうか
あなたの名前は　児桜
わたしの子と思って
やさしく　やさしく
植えましょう

要領よく力で仕事するより、愛をもって
心で仕事をする方が、とても楽しい。

30日 同じいまを生きる

命二つの　中に生《いき》たる　桜哉

（野ざらし紀行）

おんなじ　おんなじ
命ふたつ！
あなたと　わたし……。
さくら　さくら
あなたとわたしとさくら
まったくおんなじいまを
咲いて生きている。

あなたも、わたしも、桜も、有限という
おんなじいまに結ばれて、生きていた。

31日　桜は桜のままで

さま〴〵の　事おもひ出す　桜哉

（笈の小文）

桜の花は　静かに静かに
だまっていたのに……。
さらり　風が流れると
むかしから　あのままの
ハラハラハラハラ美しい花びらから
さまざまな思い出が
ひらひら　湧いてくる……。

人は自分の顔やからだを変えようとする。
桜は、昔からそのままの姿で、咲き散っていく。

4月

1日　日本の誇り

奈良七重《ななえ》　七堂伽藍《しちどうがらん》　八重《やえ》ざくら

（泊船集）

奈良の都に　なにがある
七代つづいた皇都の歴史……
奈良の都に　なにがある
七堂伽藍の大きなお寺……
奈良の都に　なにがある
それは　それは　うつくしい
名高い　名高い　八重ざくら……

八重ざくらの咲きほこる奈良！　いまも千年の歴史がここに生きている。日本の誇り！　万歳！

2日　喜びをともに

京は九万九千《くまんくせん》　くんじゅの　花見哉

（夜の錦）

わたしも　花見したいなあ！
みんなで　花見したいなあ！
九万九千の家から
貴賤《きせん》を問わず
大群集が出てきて
にぎやかに　みんなで見るのが
京都の花見だ……。

みんなでおおぜい集って、みんなで一緒に喜ぶ生き方は、みんなをもっともっと楽しくする……。

3日　歩きつづける

桜がり　きどくや日〻《ひび》に　五里六里
（笈の小文）

わたしは　桜が　すきだ。
あの山奥のさくらも
この谷底の　さくらも……。
さくら　さくらと
さくらを　たづね　たづね
毎日　五里も六里も歩く……。
我ながら　わたしの人生すばらしい！

人生に、完全はない。楽しみを一つ見つけて、一歩一歩、毎日毎日歩きつづける。それも貴重な人生。

4日　旅の花見

くさまくら　まことの華見《はなみ》　しても来《こ》よ
（茶のさうし）

だれもかれもで　わいわい
酒をのんで　みてる花見じゃない！
一人で　旅をして
自然がつくる奥深い森のなか
山ざくらが　しずかに咲く……。
しずかに　しずかに
そんな花見をしてもいいよ

風が吹いている。川が流れている。みどりに浮かぶ山桜の花見。旅で花見をすると生まれ変わる。

5日 追悼の涙

梅こひて　卯花《うのはな》拝む　なみだ哉

（野ざらし紀行）

梅が　あかるく咲くころ
しずかに他界された
円覚寺の大顛《だいてん》和尚の
白梅の香りのような
高徳を慕いながら
折りから咲く卯の花に　合掌し
追悼の涙を　あふれ流す。

尾張《おわり》で伊豆の僧から大顛和尚の遷化をきいて、この句を先ず江戸の其角《きかく》に送っている。芭蕉も其角も円覚寺山に来訪している。

6日 対等のいのち

盛《さかり》じや花に　坐浮《ソゾロうき》法師　ぬめり妻

（東日記）

にぎやかに　咲きみだれる
桜の花嵐の中に
いろんな　たのしい姿がある。
心浮き浮きの僧侶……。
つれそうように
艶《つや》っぽい
かろやかな人妻と……。

僧侶が花に浮かれてちょい悪！　なにが悪い！　みんな対等のいのちの楽しい働きではないか！。

7日　想定外を楽しむ

花に酔《よえ》り　羽織着て　かたな指《さす》女

（真蹟集覧）

とまらない！　酒！　酒！
ちょいと　ごめん！
花に　すっかり酔い
おっかけて　酒に酔い
男の羽織を着て
刀を差して
いそがしく舞う女……。

良い悪い、上だ下だだけではつまらない。時々のちょっとしたアクシデントを楽しむ。女性と仲よくじゃんじゃん飲もう！

8日　極楽のとき

はなのくも　かねはうへのか　あさくさか

（あつめ句）

雲が　どんどん　かけていく
花も　どんどん　さいていく
一面の花ざかり……。
ゴーンと鐘が　ひびく。
ああ　あの鐘は
上野の寛永寺か？
浅草の浅草寺か？

花見ののどかな気分で、遠くの寺の鐘を、しみじみ味わう。それがたまらなく楽しい極楽のときだ。

9日 いまを楽しむ

二日酔《ふつかよい》　ものかは花の　あるあいだ
（真蹟短冊）

ひと口ごとに
ああ　うまい！　うまい！
花見しながら　酒のむと
いつの間にやら　二日酔
二日酔なんか　気にするな！
花が咲いている間は
大いに楽しもうではないか！

酒を飲むと、ふだんの思考のプロセスが消えて、自分の本音が出てくる。本音で生きられると人生が活性化する。

10日 不動の自分

樫《かし》の木の　花にかまはぬ　姿かな
（野ざらし紀行）

みんな　花ばっかり
それをみんなで　ほめちぎっている。
そばで　ひとりぽっちの
しずかな樫の木。
われ関せず！
いつもと　変わらぬ姿……。
立派に　堂々とした姿……。

自分を自分らしくあらしめるのは、自分しかない。最も大事なのは自分の不動の姿だ。

11日　桜への感謝

花咲《さき》て　七日《なぬか》鶴見る　麓《ふもと》哉

（あつめ句）

さくらの花は　うれしいな
七日の間　咲いてくれる。
山のふもとに……。
鶴が　姿をみせてくれる。
鶴は　一つ所に七日の間
すい　すい　舞ってくれる。
鶴と桜！　七日間ありがとう！

自然の姿をしみじみ眺めていると、人間が独立せず、自然の心と自分の心が結ばれる。新しい自然の姿と出会い心を新しくする。

12日　自分を愛する仲間

花にあそぶ　虻《あぶ》なくらひそ　友雀《ともすずめ》

（続の原）

みんな　チュンチュン
楽しそうに　花に集って
仲よく遊んでいる　雀さんたち
虻も　同じ花に集って
仲よく遊んでいる仲間だよ。
けっして　けっして
食べては　いけないぞ！

虻だっていやいや生きているんじゃない！　自分を愛して、自分を大事に生きている。でも食べないと生きられない。

13日 花の香り

何の木の　花とはしらず　匂《におい》哉

（笈の小文）

なんだか　見たことない！
知らん顔して
咲いてる花！
なんていう花だろう。
かわいく　すまして
気持ちよい　甘い匂いが
ただよってくる。

人の欠点は、よく見える。が、自然の生命のなつかしさは、なかなか見えない。

14日 幸せな時間

花をやどに　はじめをはりや　はつかほど

（真蹟懐紙）

あたたかく　すずしい
そよ風の　桜の花……。
ひとり　楽しく見ながら
一つ　二つ　と咲き始めたころから
いまは雪のように　ハラハラ……。
あゝ　とうとう二十日間！
花を宿にくらしてしまった……。

幸せな時間は、ゆっくり自分で探せば、花の中にもある。幸せとは、うれしい時間だ。

15日　目に見えぬ有り難み

このほどは　花に礼いふ　わかれ哉

（真蹟懐紙）

だれも　いそがない
のんびりした村……。
ゆったりと　一夜の宿……。
朝　主人と別れ……。
いろいろ　お世話になりました……。
庭の　桜の花にも　合掌して
たのしかったよ！　ありがとう……と。

人の見えない有難さを、深く見る。そして、感謝する。心がゆたかに燃えてくる。

16日　手を合わせて生きる

龍門の　花や上戸《じょうご》の　土産《つと》にせん

（笈の小文）

こんな　美しい
きれいな　龍門の花を
ぽきッと　折ってはいけない。
でも　拝して一枝もらって
酒飲みの友だちへの
おみやげにしよう。
喜んでくれるだろうなあ！

花にも手を合わせ、酒飲み友だちにも温かい思いやりの心を持つ！　いい人生だ。

17日 幸せの根本

はなのかげ　うたひに似たる　たび寐《ね》哉
（あら野）

貧しい家に
一夜の宿をたのんだ。
あっさり　ことわられ
今夜は　両手をひろげて
きれいな花の木陰で　ねよう。
こんな場面が
謡曲にも　あったっけなあ……。

家をかりて休んでも、幸せ！　花の木陰で休んでも、幸せ！　幸せの根本精神！

18日 日暮の寂しさ

日は花に　暮《くれ》てさびしや　あすならふ
（笈の小文）

春の空も
日が暮れると
ぽかんと　さびしい。
花見をしているうちに
日が暮れる……。
花のそばに立つ翌檜《あすなろ》が
きわだって　さびしそう……。

昼間は、あかるく楽しくても、一日も終わりの日暮になると、なぜか、さびしい！

19日 花盛り

花ざかり　山は日ごろの　あさぼらけ

（芭蕉庵小文庫）

空が　ひかりはじめ
いつもと　ちっとも変わらない
ねむったような
夜明けなのに……。
みごとに　美しい山……。
はな　はな　はなの
花盛りの　山！

いつもと同じマンネリの風景に、花盛りが、面白くバラエティーの味をつける。花盛りで美しい山が誕生する。

20日 花にも念仏

世にさかる　花にも念仏《ねぶつ》　申しけり

（蕉翁句集）

花をわけて　花をわけて
歩く　歩く　ゆっくり　ゆっくり
なぜか　うれしくなった。
ナムアミダ仏……
ナムアミダ仏……
ナムアミダ仏……
ナムアミダ仏……

毎朝無意識でやっている念仏よりも、ふと意識がハッキリ変化した時の念仏は、いい。ますますうれしくなる。

21日 鐘の音、花の香

鐘消《きえ》て　花の香は撞《ツク》　夕《ゆうべ》哉
（都曲）

しずかな　夕方
なにごともなかったように
鐘の音が　ゴーンと
透明に　消えていく……。
花の香が　その音をひろげるように
すーッと　流れていって
こっそり　鐘をつく。

幸せに溢《あふ》れた人生とは、楽しいと感ずるモチベーションを、花の香にも発見できることだ。

22日 花を友にす

呑《のみ》あけて　花生《はないけ》にせん　二升樽《にしょうだる》
（蕉翁句集草稿）

かわいい　きれいな
さくらの花……。
いくらさがしても
生ける器が　ない……。
そうだ。二升樽を
みんなで飲んで　空ッぽにして
花を生ければ　ちょうどいい……。

やすらいで　明るく生きたい！　一番かんたんなことは、花と酒の友だちになることか？

23日　絶景の月夜

しばらくは　花の上なる　月夜かな

（初蝉）

あの森の　いり口に
あゝ　まさにいま！
美しい　満開の桜！
流れるように　花の上に
月が　さしかかった。
まあ！　今夜こそ
絶景の月夜……。

すばらしい花と月の景色を眺めていると、希望の心が湧いてくる祈りとなる。

24日　いまこそ出でよ

蝙蝠《こうもり》も　出《いで》よ浮世の　華に鳥

（西華集）

夕かた　花盛りに
浮かれたように
遊んでいた鳥たちは
宿に　飛んで　帰った……。
蝙蝠《こうもり》よ！　いまこそ出ておいで
お前さんたちも　浮世の花盛りの
仲間になったら　いいよ……。

うぐいすは、好かれる。蝙蝠は、嫌われる。それは、根拠のない身勝手な思い込みだ。夜、蝙蝠と花見する。

25日 花見の気分で

あすの日を　いかゞ暮《くら》さん　花の山
（可都里《かつり》書留）

きょうは　一日中
心をほぐして
なつかしい　花の山で
うれしく　楽しく
みんなと　仲よく　過ごした……。
さて、明日という日は
どうやって　暮らそうか。

明日はイライラ頑張ってばかりいないで、
花見の気分で、のんびり笑って暮らそう！

26日 二つの心

子に飽《あ》クと　申す人には　花もなし
（類柑子）

子育ては　めんどうくさい！
もうたくさん！　あきた……。
そんな人には
風にそよいで　ハラハラ散る
生き　生きした
桜のいのちのすばらしさを
わかって　もらえない。

子供を大切に思う心、花を美しいと思う
心、この二つがあって、喜んで生きられる。

27日　生命の循環

年々《としどし》や　桜をこやす　花のちり

（芭蕉句集草稿）

なつかしく　咲いた
美しすぎる　さくらの花が
チラ　チラ　チラ　チラ
さびしい気持ちで　土の上に……。
この花の塵が
いい肥料となって
毎年　みごとな花を咲かせるのだ。

自然の営みの不思議な生命の循環の在り方を、たしかなまなざしで見る……。

28日　琴の音

散花《ちるはな》や　鳥もおどろく　琴の塵《ちり》

（末若葉）

白い花びらが
ほろり　ほろり散って
土の上の塵になっても
琴の妙なる音を
じーッと　じーッと　聞いている。
その不思議な世界を
鳥たちも　驚いている。

すばらしい琴の音は、花の心も鳥たちの心もうごかす。芭蕉芸術のふしぎな世界！

29日　美しきもの

前髪も　まだ若草の　匂ひかな

（翁草）

さみしいくらい　美しい
まだ　前髪をのこした
その乙女のすがたは
若い　若い　生き生きと若い
若草のように
ほろり　ほろり
匂い立つ！

美しいものを見た。それは乙女の若いいのちの輝きだった。それは女性の輝きだ。乙女の若さはいのちが喜んでいる。

30日　近江の春

行春を　近江《おうみ》の人と　おしみける

（猿蓑）

春の日ざしが　遠のいていく……。
ひろく　しずかな
琵琶湖での一日……。
近江の人と　いっしょに
近江で生きてる人と　いっしょに
だまって行き過ぎていく春を
しみじみ　惜しむ……。

江戸の人じゃない。近江の人と、近江を愛した古人と心をつないで、近江の春を惜しむ！　近江はいかにもなつかしい。

5月

1日　つながる生命

行春や　鳥啼魚《なきうお》の　目は泪《なみだ》

（おくの細道）

大空をわたって
うつくしい花の春が
いってしまった。
鳥は　かなしそうに
みんなで　泣き
魚の目のなかは
涙で　いっぱい……。

自然は、ひとつの生命でめぐっている。みんな、つながって生きている。別れのかなしさは、みんな同じだ。

2日　藤の花

草臥《くたびれ》て　宿かる比《ころ》や　藤の花

（笈の小文）

いつのまに
すっかり　くたびれた。
どこかに　いい宿はないか？
あった　あった
藤の花が
色あざやかに……。
藤の花の宿！　うれしい。

藤の花が　くたびれた旅の心をいやす。花は人間の心を安心させてくれる。花は幸福の種がひらくのだ。

3日　若葉の優しさ

むぐらさへ　若葉はやさし　破レ家《いえ》
（後の旅集）

まひるの日ざしあび
人のいない
荒れ果てた家……。
花は　ひとつも咲かず
雑草におおわれても
若葉　どこもみんな若葉……。
若葉の優しい美しさに　つつまれている。

みんなに捨てられた「あばら家」を、
青々とみずみずしい若葉が、抱きしめる。

4日　憂き我を

うき我を　さびしがらせよ　かんこ鳥
（猿蓑）

きりがない欲が
もっと　もっとと
わいてきて　しまう……。
かんこ鳥よ
あんたの鳴き声で
わたしを　さびしさで
心をいっぱいに　しておくれ……。

欲があるから、憂鬱《ゆううつ》な気分になる。が、
さびしいと、欲が治まって、快適になる。
さびしさは安らかに生きる命だ。

5日　男の子の節句

笈《おい》も太刀《たち》も　五月《さつき》にかざれ　紙幟《かみのぼり》

（おくのほそ道）

五月の空は
光が　いっぱい！
きょうは　男の子の
みんなで　うれしい節句……。
紙でつくった鯉のぼり
笈も　太刀もかざって　みんなで
将来を　祝ってやろう！

勉強勉強とつめこまないで、子供たちを季節の行事のなかで、のびのび育てたい！　いつの日も楽しくしてあげたい。

6日　悦に入る

野を横に　馬牽《ひき》むけよ　ほとゝぎす

（おくのほそ道）

夢のような
うっとりした　ほととぎすの声！
ほら　こっちの方で
ほら　こんどは　あッち！
ほととぎすの声がする方へ
野原を　横にまがって
馬を引き向けてつれていってくれ！

ほととぎすの一声で、人は深い悦に入る。一瞬、心の不安は影が消える。ほととぎすにありがとうと礼をいいたい。

7日　ほととぎすの声

曙《あけぼの》は　まだむらさきに　ほとゝぎす
（伝真蹟画賛）

きょうは　天気だ。
うすく　うすく
夜明けの空は　まだ明けきっていない。
紫色の雲が
しずかに　たなびく……。
一本の線をひいて
ほととぎすが　鳴き過ぎていく。

心安らかにするのは、方法がなくなかなかむずかしい。鳥の声にふれるのが一番いい。逃げてもいいから、来てくれ！

8日　京の魅力

京にても　京なつかしや　ほとゝぎす
（をのが光）

千年も　流れて
京都の歴史は　そのまま
なつかしく　生きている。
京の都で鳴くほととぎす……。
いまの京にいながら
遠いむかしの京都が
しみじみ　なつかしくなってくる。

龍安寺の石庭に見ほれていると、京都の千年の歴史が懐しくなる。京都の魅力だ。京都へいくと歴史の命《いのち》が生まれる。

9日　漏る月夜

ほとゝぎす　大竹藪を　もる月夜

（嵯峨日記）

雲のうえ
ほととぎすが
声をすまして
鳴きながら　過ぎていく……。
大竹やぶのすきまから
月の光が
手をひろげて　もれてくる。

自然の姿をつねによく見て、自分の心で受けとめて一日をよく味わって暮らしていく。自然は自分の力で守ろう！

10日　自然を愛するゆえん

ほとゝぎす　啼《なく》や五尺の　菖草《あやめぐさ》

（葛の松原）

小山のうえを　ほととぎすが
盛んに　すいすい
鳴き過ぎていく……。
大地の上では
あやめ草が
まあ　あっという間に
五尺も伸びている。

人が自然を愛するゆえんは、自然には、むかしのままの気持ちがあふれているからだ！　自然の心は人だけが知っている。

11日　素直な好奇心

木《こ》がくれて　茶摘《ちゃつみ》も聞《きく》や　ほとゝぎす
（すみだわら）

新しいお茶の葉っぱを
きれいな指で摘んでる
女性たちの　明るい姿は
木にかくれ　見えない……。
ほととぎすが　鳴く。
きっと　茶摘みの乙女たちも
耳をすまして　聞いている。

軽い素直な好奇心で、自然の姿に眼を向けられれば、人生の喜びは十分である。自分らしくゆっくり自然と手を結ぼう！

12日　老いを鳴く

うぐひすや　竹の子藪に　老《おい》を鳴《なく》
（すみだわら）

竹やぶのなか……。
竹の子が　みんな
ぐんぐん　ぐんぐん
すくすく　育っていく。
うぐいすは　すっかり老いて
ホー　ホケホケッ……と
もう　うまく鳴けない……。

うぐいすは、永遠にホーホケキョとは鳴けない。が、それでも最後まで鳴きつづける。

13日　母を想えば

卯花《うのはな》も　母なき宿ぞ　冷《すきま》じき

（続虚栗）

こんなきれいに
庭いっぱいに　咲きほこる
美の王様のような　卯の花も……。
母を失ったら　とたんに
心が　空ッぽになって
ちっとも　ちっとも
胸が熱く感じられない……。

いつでも、どこでもわたしを心配してくれた母を失うと、花にも感動できなくなる。

14日　無常迅速

白芥子《げし》や　時雨《しぐれ》の花の　咲《さき》つらん

（鵲尾冠）

雪のように白い芥子の花……。
心が清く　少しも欲がない。
いつまでも　いつまでも
咲いていてほしいのに
はかなく　パッと散る。
変わりやすい　通り雨のしぐれが
花となって咲いているのか……。

自然も社会も、つかの間にどんどん変わっていく。死もつかの間に、やってくる。

15日　見て見られて喜ぶ

海士《あま》の顔　先見《まず》らるゝや　けしの花

（笈の小文）

海士さんの家が　並ぶ。
一軒　一軒の軒さきに
けしの花が　咲きつらなる。
けしの花を　のぞこうとすると
ふと目についたのは
若くて　かわいい
海士さんのすてきな顔だった。

海士さんもけしの花も見られて喜ぶだろう。見た人も見られた人も一緒に喜ぶ共感の世界！

16日　名残りを惜しむ

牡丹蘂《ぼたんしべ》　ふかく分出《わけいず》る蜂の　名残哉

（野ざらし紀行）

だれも　入れない
ぼたんの　おしべやめしべに
深く　深くもぐりこんで
たんまり　花の蜜を吸いつくし
いまや　花から分け出てきたのに
名残りを　惜んで　蜂はそのまま
じーッと　うごかない……。

自分も、花にもぐって蜜を吸いつくした蜂になって、心から湧き出た俳句だ。

17日　鑑真和上の涙

若葉して　御《おん》めの雫《しずく》　ぬぐはゞや

（笈の小文）

苦難に　なんども　なんども……
やっと　日本に入国して失明した
鑑真《がんじん》さまの　お目もとから
あたたかい　慈悲の涙が
あふれようとしている。
さあ　みずみずしい若葉で
目もとの涙をぬぐってやろう。

あの鑑真の尊像から、みごとに汲みとった感謝と喜びが五・七・五の芸術となる。鑑真さま、日本にきてくれてありがとう。

18日　青葉若葉の日の光

あらたうと　青葉若葉の　日の光

（おくのほそ道）

かくれているから　太陽の尊さは
なかなか　だれにも感じられない。
けれど
日光の青葉若葉に
さんさんと　ふりそそぎ
いっぱい　かがやく日の光は
ああ　なんと尊いことか。

三百年の平和を実現した徳川家の霊地「日光」！　日光の青葉若葉の日の光は、神秘だ。

19日　風流

あやめ草　足に結《むすば》ん　草鞋《わらじ》の緒《お》

（おくのほそ道）

むらさき色の
優美な　あやめ草……。
わらじのひもに
そーッと　通して
足に結びつけ
ひとりで　足ぶみした。
さあ……これで旅に出かけるか……。

あやめ草と一緒の旅で、生命が流れてくる。風流とは、自然といっしょに生きることだ。

20日　生命への感謝

花あやめ　一夜《いちや》にかれし　求馬《もとめ》哉

（蕉翁句集草稿）

きょう　歌舞伎座で
吉岡求馬《もとめ》の名演技を
心をふるわせて　観賞したのに
翌日　あっけなく
かれはこの世を去った。
花あやめが
一夜で　枯れた。

明日のいのちは、わからぬ。今日一日の生命を感謝して生きることが、人生の真実である。

21日 発句の念

杜若《かきつばた》　われに発句の　おもひあり

（千鳥掛）

うつくしい　むらさきの
かきつばたの花が
こっちを向いて
咲いている。
花を前にしたとたん
俳句を詠もう……
という思いが　湧き起こった！

生き生きしたかきつばたの花を見たとたん不平不満泣き言は一瞬に消え、創作の世界に入る。いまこそ、花の尊さを、皆、考えよう。

22日 夢見心地

象潟《きさかた》や　雨に西施《せいし》が　ねぶの花

（おくのほそ道）

ここ象潟は　なんと美しい景色……
ねぶの花が　しとしとしとしとしと……
雨にぬれて　岩辺に咲く。
それをぢーッと見ていると
すやすや眠っている
絶世の美人　西施の姿が
ありありと　思い浮かんでくる。

大自然の中を旅していると、ある場所がふと夢をみるような心地よい世界を提供する。

23日 紅粉の花

まゆはきを　俤《おもかげ》にして　紅粉《べに》の花
（おくのほそ道）

顔に白粉を
まっ白につけ
眉の上を　そーッと払う
まゆはきを　つかっている女性が
ありありと心に浮かぶような
なまめかしい姿をして
紅粉の花が　咲く。

尾花沢《おばなざわ》の紅粉花《べにばな》の奥の方に、京の女性の日常の姿を見つける。奥州で味わった京都の女性だ。

24日 自然の美

独《ひとり》あま　藁屋《わらや》すげなし　白つゝじ
（真蹟草稿）

からだの　きれいな
あまさんが
ひとりで　住んでいる藁屋。
飾り気が　なんにもなく
あまさんに　ふさわしくない。
あッ　よかった！
庭先に白つつじが
つつましく咲いている。

人の目には自然の美が見えない。白つつじの花の美が見えると、あまも美しくなる。

25日 子供の遊び

たけのこや　稚《おさな》き時の　絵のすさび

（猿蓑）

のどかに　のどかに
すく　すく　のびた
竹の子を　見ていると
子どものころ
竹の子の絵を　すきかってに画いた
むかしが　しみじみ思い出される。
ああ　なつかしい……。

心は小さく弱い存在なのだ。でもふと子供のころの遊びを思い出すだけで生きる意欲が湧く。

26日 大自然のエネルギー

山野《さんや》海浜《かいひん》の美景に　造化の功を見

（笈の小文）

山や林の自由な景色……
野原に咲く花の自由……
ひろい　ひろい海の自由……
浜べに打ち寄せる波の自由……
山を見ても　野を見ても
海を見ても　浜を見ても
どこにも　大自然の目には見えない自由な創造力が、すばらしい芸術を生産している。大自然のエネルギーは、完成された芸術家である。

27日　絶対安心の境地

空手《くうしゅ》なれば　途中の愁《うれい》もなし

（笈の小文）

高価なものを、持っている。とても手に入らない、貴重なものを、たくさん持っていると、空き巣や、どろぼうが入らないように、鍵をかけ用心する。

ところで、わたしは、なんにも宝など持っていない。名誉もなければ　地位もない。人にとられるものは、なにもない。だからわたしの人生はいつも安心して　自由である。あるよりない方が、気楽だ。

28日　ときめき

時々気を転じ、日々に情をあらたむ

（笈の小文）

面白くもない　平凡な毎日がつづく……。こんなとき、ちょッと「ときめき」がほしくなる。「ときめき」たいなら　どうしたらいいか。

いちばん、かんたんなのは、人から「お前はすごい！」「お前のそこがすきだ」などとほめてもらうこと。

もう一つは、いい自然の景色をみる。気持がハッと変わる。あなたが手を握り返したときめきから、私の命は燃える。

29日 無常迅速

無常迅速のいそがはし　（更科紀行）

芽が出て、ぐんぐん伸びて、花が咲いて、実がなって、実が落ちる。梅の花も、さくらの花も、あッという間に、散ってしまう。「無常」という言葉の意味は、常が無い。つまり、いつも同じ姿はない……ということだ。人のいのちも、自分だけはいつまでも生きているように思ってしまう。が、終るのも、すごく早い。命の大切さは小鳥たちが一番よく知っている。

30日 捨身無常

捨身《しゃしん》無常の観念、道路にしなん　（おくのほそ道）

現代の楽しい旅行と　江戸時代の旅では世界がまるでちがう。芭蕉の旅は毎日が不安と危機感……。「捨身」とはすでに自分はこの世にいないという気持ち。「無常」とはいつこの世を去るかわからないという考え。つらい旅がつづけば今日は旅する気がぜんぜん起こらないこともあろう。そんな時だ。「よし、今日は道路で死のう！」……。そう思うと、自分を嫌いにならないですむ。

31日　理屈を言わず

おもくれず　持（っ）てまハらざる様に

（千川宛書簡）

「おもくれず」とは、あれこれとあまり理くつをいうな……という意味だ。理くつとは、いいとか悪いとか　正しいとか正しくないとか、正義だとか不正義だとか……。年をとるにつけて、「我こそは正義」とばかり、他人の失敗を見つけては、許せない！　と攻撃する。「持ってまわる」とは、くどくど文句ばかりいうこと。要注意だ！この地球に生まれたら、皆違う考えをもっている。

6月

1日 粋

世の人の　見付《みつけ》ぬ花や　軒《のき》の栗

（おくのほそ道）

さくら　あやめ　ぼたん
だれも　心ゆくまで
愛する心で　見つめる。
が、軒先の　小さくて
かわいい栗の花は
一人として目にとめないのに
あかるく　美しく咲く。

人に認められないでもけっして不幸と思わず明るく生きる。これが粋《いき》というものだ。

2日 新しき修行

一日《ひとひ》〳〵　麦あからみて　啼雲雀《なくひばり》

（嵯峨日記）

ずらりとならんで
麦の穂が
ぐんぐん赤く成長していく……。
ああ　夏がやってくる。
名なしのかわいいひばりが
白い大きな雲をめがけ
光って鳴いている。

春から夏へ　季節はぐんぐん変わっていく。自分も新しい学びをして、どんどん、変革していこう！

3日　人生の醍醐味

西か東か　先早苗《まずさなえ》にも　風の音

（曽良書留）

こっそり　こっそり
峠を越えると
若々しいみどりの早苗の田んぼ……。
かすかな　かすかな
涼しい　夏の風の音がしている。
西の風か？
東の風か？

自分の感性をみがき、風の音が深く味わえるようになった。そこが人生の醍醐味《だいごみ》だ！　本気で泣いたり、笑ったり……。

4日　風流の源泉

風流の　初《はじめ》やおくの　田植うた

（おくのほそ道）

やっと　白河の関を
すずしく　越えて
さあ、いよいよ　陸奥《みちのく》だ！
あッ！
最初に耳に入ってきたのは
田植歌だ！
おくのほそ道の田植歌だ！

東北地方のひなびた田植歌を、これこそ風流の源泉と見た。これが芭蕉の飛び越える目だ。

5日 雨の恩恵

雨折《おり》〳〵　思ふ事なき　早苗哉
（きその谿）

水いろの空から
しずかな雨が
降ったり　止んだり
降ったり　止んだり
ちょうどよい　雨をもらって
いよいよ　なんの心配もなく
早苗が育っていく……。

台風の大雨は、困る。が、静かに降る適量の雨は、美しい花を咲かせ、早苗を育てる。

6日 幸福への道

世を旅に　しろかく小田の　行戻《ゆきもど》り
（笈日記）

これから　苗をうえるのに
田んぼを　平らにする。
農家の人が
手を美しくうごかしながら
行ったり　来たり……。
わたしの旅の人生も
行ったり　来たり……。

くり返すのは無意味か？　人生は同じくり返しをして　一歩ずつ幸福に向かっていく。笑って泣いて、笑って泣いて。

7日 馬の決意

柴附《つけ》し　馬のもどりや　田植樽《たうえだる》　（蕉翁全伝）

あの村ぬけて
柴を運んできた
毛なみのうつくしい馬が
戻り道は
田植祝いの酒の樽を
重そうにのせて
また　村へ帰っていった。

柴を運び、酒を運んで人たちに喜んでもらう！　馬は、生きがいの気持ちを自分でそう決めている。

8日 五月雨

五月雨《さみだれ》や　竜灯《りゅうとう》あぐる　番太郎　（江戸新道）

つゆの雨が　やまない。
町の中が　あさい海……。
番小屋の番太郎さんが
小屋に明かりを　ともす。
キラキラ　キラキラ
深夜に　竜の神が
神に捧げた燈火のようだ。

「今日も雨か」と天気に文句をいわない。降りつづく雨に、夢の世界をひらく。番小屋に明りをともして……。

9日 増水に立つ鶴

五月雨に　鶴の足　みじかくなれり
（東日記）

きのうも　一日中つゆの雨
きょうも　一日中つゆのあめ
川の水は
どんどん　どんどん
増してゆく……。
水の中に立っている
鶴の足が　短くなった。

あの美しい鶴の足を短くしてしまったのはつゆの増水だ。増水に立つ鶴の姿はうごきがあって素晴らしい。

10日 瀬田の大橋の姿

五月雨に　かくれぬものや　瀬田の橋
（あら野）

ずーッと　ずーっと
降りつづいているさみだれ
雨の奥は　けむりにけむって
うすぼんやりと……。
長い　ながい瀬田の大橋だけが
隠れることなく
ハッキリ　美しい。

一切を埋没させる五月雨。が、瀬田の長い大橋だけは、ハッキリ浮かび上がっている。

11日　笠島は

笠島は　いづこさ月の　ぬかり道

（おくのほそ道）

もしも天気がよかったら
笠島へ行けただろうに
つゆの雨が　降りつづいて
どぶどぶのぬかり道……。
これじゃ　とても　とても……。
笠島にはどうしても行きたい　が
笠島に　行けない……。

この時芭蕉はひとつも不満をいわず、遠くの方から笠島をながめて静かに通り過ぎていった。

12日　日光を待つ心

日の道や　葵《あおい》傾く　さ月あめ

（猿蓑）

うすい　うすい　墨いろの空
しずかに雨がつづく。
あゝ　そろそろ
明るい　日の光が　見たい！
ふと気がつくと
立葵《たちあおい》の花は　雨のなかで　顔を傾け
太陽の通り道をみて咲いている。

日光を待ち望む心は、立葵の花も持っていた。葵の花は見えない太陽を見ている。葵の花だけが太陽を見つめている。

13日 大雨に精気を養う

さみだれの　空吹《ふき》おとせ　大井川
（ありそ海）

つゆの雨が　止まない……。
大井川が　ぐんぐん増水……。
とうとう　流れが急になって
川留め！
だれか　大風をよんで
あの厚い五月雨の空を
吹き落としてくれ！

大雨で3日間川留めとなった。が、芭蕉はおかげで3日も精気を養ったと喜んでいる。

14日 最上川の流れ

五月雨を　あつめて早し　最上川《もがみがわ》
（おくのほそ道）

ひとつぶ　ひとつぶ
五月雨を　降りあつめ
あっち　こっちで
とうとう　ここに降りあつめ
最上川は　いま！
ぐんぐん　ぐんぐん
すごい早さで　すさまじい流れだ。

「あつめて」という言葉は、最上川が人間の心を持っているようだ。「早し」も大胆！

15日 金色堂の光

五月雨の　降《ふり》のこしてや　光堂《ひかりどう》
（おくのほそ道）

いろんなものを
どんどん　くさらせる
つゆの雨が……。
でも　平泉の中尊寺の
金色堂だけには
ちっとも降らないで残してくれたか！
いまも　光を放っている。

どんな戦火にもたえて、長い時代の不幸の浸食に抗して光る仏教芸術の偉大さ！

16日 暑さに耐える

みな月は　ふくべうやみの　暑《あつさ》かな
（葛の松原）

六月のお天気……。
ときどき　むうむう……。
重いくらい　むし暑い……。
腹の病気で
急に痛みを感じ
いたい　いたいと　もがくくらい
耐え難い暑さ！

大学を卒業した瞬間莫大な奨学金の借金！　耐え難い。が、一歩一歩耐えて！

17日 暑さを喜ぶ

水無月《みなづき》や　鯛はあれども　塩くじら
（葛の松原）

だんだん　暑くなるころ
六月は　鯛が　うまい。
でも　なんたって
鯨のさしみを塩漬けにして
ひゃッこく冷して
酢味噌をつけて食べる！
最高で――す！

暑いのは嫌だ。一日がつらい。が、なにか一つうまいものを見つけると、暑さが喜べる。なんとか、身がもつ。

18日 峰に雲を置く

六月や　峰に雲置《おく》　あらし山
（句兄弟）

どどん　どどんと
六月は　暑さが
音をたててやってくる。
あらし山を遠く眺めると
峰のてっぺんに
大きな雲が　どかんと
居座っている。嵐がくるか？

「峰に雲湧く」ならだれでも詠める。が、「峰に雲置」の置くがとても詠めない。

19日　美しい残雪

有難や　雪をかほらす　南谷《みなみだに》
（おくのほそ道）

羽黒山に　登る
南谷のおくの方に
かくれるように
しずかに　美しい残雪……。
風が流れる。雪が薫る。
なんときれいな心地よさ！
ありがとう。ありがとう。

出羽三山では　夏も雪が残る。「雪をかほらす」風の音が、涼しくきこえてくる名句。

20日　名山

風かほる　こしの白根を　国の花
（柞原集《ははそはらしゅう》）

ふかく　ふかく
音もなく　しずかに流れる
気持ちのよい風……。
ずっと向こうに
北陸地方の名山　白山《はくさん》が見える。
すごく堂々と美しい。
ああ　この山が日本を代表する名山か。

一国を代表するほどすばらしい姿の白山を表現する「国の花」は、芭蕉独特の創造語。惜《お》しげなく、山の美しさが出る。

21日 初夏の薫風

松すぎを　ほめてや風の　かほる音

（笈日記）

京都の小倉山の山腹に
松と杉の木の美しい
常寂光寺《じょうじゃくこうじ》に訪れる人は
みんな　松と杉をほめたたえる。
いま、初夏の薫風が
音をたてて　松と杉を吹きわたる！
風の音も　松と杉をほめてくれ！

松と杉の名所で、松と杉を吹いて過ぎて
いく風かおる音が、照応する心を揺さぶる。

22日 琵琶湖の波と風

さゞ波や　風の薫《かおり》の　相拍子《あいびょうし》

（笈日記）

琵琶湖が　手をひろげ
うみのふちに
こまかい波が　立つ……。
どこからともなく
薫風が　リズムにのって
吹き渡る。
波と風がピタッと拍子を合わせる。

芭蕉は自然の中でさざ波や風の声をきいた。常に自然のふところへ帰ろうとした。自然は芭蕉を守った。

23日 肉体の力

結ぶより　早歯にひゞく　泉かな

（都曲）

こっそり　こっそり
ゆれてる泉を
両手で　さッとすくって
口に入れ　くちびるを結ぶ……。
とたん！
くッと　歯に
つめたさが　ひゞいた。

つめたい！　と感じるのは、肉体の力だ。
芭蕉はそれがわかってほしいと俳句を作る。
肉体の力は人にすっかり忘れられた。

24日 古井戸の清水

城あとや　古井の清水　先問《まずとわ》む

（笈日記）

稲葉山の岐阜城……。
戦乱の暗い影……。
城跡に　あれからずーッと
こんこんと　湧き出る
生き生きとした清水の
むかしをしのぶ古井戸がある……。
まずそこへ行って　昔を思い慕おう。

城は戦いのあと。戦は人の殺し合い。古井戸の清水は、いつの代も人を活かしている。

25日　殺生

面白《おもしろう》て　やがてかなしき　鵜《う》ぶね哉

（笈日記）

飼い馴らした鵜が
かがり火をたよりに
さっともぐって　鮎《あゆ》をとる。
みんな　そろって楽しむ。
鮎を焼き　そろって　うまい！
あとで　鮎のことを思うと
しみじみ　かなしい！

人が生きていくためには、殺生をくり返さなくてはならない。芭蕉の心は深妙だった。命は食べなければ存在できない。

26日　好きなことを貫く

若き時より　横ざまにすける事あり

（幻住庵記）

芭蕉は、名家に生まれたわけではない。世間からほめられるような才能はひとつもなかった。たゞひたすら俳句だけが大好きで、いかに生きるかといろいろ考え悩んだりしたもの丶、結局好きなことで一生を貫いた。現代は若いときから好きな勉強がしにくい。でもどうしても好きなことをやることが成長と充実の宝だ。自分の好きなことをもっと大切にしたい。

27日　いまこのときを

今此《この》ときを　こひざらめ

（常盤屋之句合）

芭蕉の心には、つねに、いまを生きる……の一念があった。「こいざらめ」とは、いまこのときを恋人を慕うような気持ちで、やさしく、あたたかく生きていきましょう！　と。あしたは、頭の中にはあるが、あしたは生きられない。もちろん、きのうも生きられない。自分が生きられるのはいま！　いまこのときを恋人のようにして生きよう！　みんな繋《つな》がった命だから、仲よく生きよう！

28日　道を見る

勝負をあらそひ、道を見ずして、走り廻る

（曲水宛書簡）

「道を見ずして」とあるが、じゃ「道を見る」とは、どういうことか？「道」とは、目には見えない自然の生命力である。したがって、「道を見る」とは、自然の生命の働き方を見ることだ。たとえば人間は、呼吸をして生きている。呼吸は自然の生命である。呼吸という自然の生命の性格とはなんであろう。けっして他人と争わないということだ。ゆっくりと深く息を吸い、吐く。みんな同じ呼吸をしている。

29日　変化を乗り越える

百変百化す　（三冊子）

時代は、変化して進化していく。それはわかっているが、いまわたしたちが生きる世界は、変化の速さが、すごく早すぎる。でも、いくら早くても大丈夫！　日本人は、世界でもっとも変化に強い民族なのだ。芭蕉は、毎日を旅で生きた。旅とは、毎日毎日が変化の連続である。百変百化！　どんと来い！　変化を乗り越えて進歩していこう！　多くの変化とひきかえに生まれるものは、生きがいだ。

30日　名人の姿勢

名人は　あや《危》ふき所ニ　遊ぶ　（俳諧問答）

名人は、あえて危険なこと、とても不可能と思えることにチャレンジする。わたしは弱虫で危険なこと、出来そうもないことには手を出せなかった。でもまわりの人から「大丈夫、やればできる」と励まされて、危険で出来そうもないことに向かった。でも「遊ぶ」というところまではとてもいけない。危険なことをしようとすると、ワクワクしたり、胸が苦しくなる。

7月

1日　夢の跡

夏草や　兵《つわもの》どもが　夢の跡

（おくのほそ道）

義経の悲しい運命……。
義経の生きざまは　すばらしい！
義経を守った忠臣たち……。
でも　あの功名栄華は　いったいどこに？
兵士たちの夢の跡……。
野性味と熱気にもえた功名の世界は
夏草以外　いま　なにもない！

歴史の無残さ！　時の流れのはかなさ！　滅び去るものへの追悼！　芭蕉の屈指の名句！

2日　月見

月はあれど　留主《るす》のやう也　須磨《すま》の夏

（笈の小文）

須磨の海は　夏の月見の名所だ。
すがすがしく　清らかな月は
大きな空に　出ている。が、
どこの家を訪ねても
留守ばかり……。
みんなで　手をつないで
お月見に出かけている

秋の月は家で見る。夏の月は海に出掛けて見る。どこも留守となるのがおもしろい。

3日　夕涼み

飯《めし》あふぐ　かゝが馳走《ちそう》や　夕涼

（笈日記）

すしをつくってくれるのか？
パタ　パタ　パタ　パタ
飯をあおいで　冷《さ》ましている……。
汗をかいて　妻の心遣い……。
その姿が　なによりのご馳走！
わたしは　夕涼みをして
待っている……。

生活のほのぼのとした一断面！　ここで妻に深く感謝の心が湧くと、幸福の扉が開く。

4日　はかなき夢

蛸壺《たこつぼ》や　はかなき夢を　夏の月

（笈の小文）

どこまでも深い海底に
壺をおろし　蛸が入ると
引きあげる。
夏の月が　蛸を照らす
蛸は、明日までの命とも知らず
短夜のはかない夢を
しずかに見ながら　眠る。

蛸の産地・明石《あかし》で詠んでいる。蛸だけではない。人も「はかない夢」で生きている。夢は奇跡か、偶然か？

5日 夏の月

手をうてば　木魂《こだま》に明《あく》る　夏の月

（嵯峨日記）

パチン　パチンと
まだ　顔の見えない月を
拍手《かしわで》を打って　祈った。
パチン　パチン
大空に反響する木魂《こだま》の音で
かがやく夏の月が
ぐんぐん登ってきた。

夏の夜は短い。短いだけに夏の月の美しさは深い。人生も短い。だから美しい。

6日 夏の夜

足洗《あらう》て　つゐ明安《あけやす》き　丸寝《まるね》かな

（芭蕉翁真蹟拾遺）

宿についた。
まず　足を洗って　バッタリ……。
そのまゝ　着たなりで
ぐっすり　横になった……。
と　思ったとたん
早くも　早くも　すぐ
夏の夜は　明ける……。

夏の夜も人生も短い。そして二度とない。
だから、みんなで楽しく仲よく生きよう。
ああうれしい。みんなで生きている。

7日　幸福を願う

荒海や　佐渡によこたふ　天河《あまのがわ》

（おくの細道）

ひろい空には　天の川
海は　荒れに荒れている。
佐渡にさびしく流され
そこで　かなしい一生を果てた人たち
みんな、みんな
天の川の光にこっそりのって
やすらぎの天国へ行ってくれ！

自分もいつ旅で死ぬか不安の心の底から、
流人や罪人の幸福を願う芭蕉の温かな心。

8日　幸福の源泉

高水《たかみず》に　星も旅寝や　岩の上

（芭蕉庵小文庫）

七夕の日は　大雨だった。
天の川の水もあふれ
織女星は　荒れ狂った水を眺めながら
川原の岩の上に寝て
一夜をすごしただろう？
すや　すや　すや　すや
ひこ星の夢を　抱きながら……。

愛は人が幸福になる源である。つらい時
でも、愛があれば生命力を高めてくれる。

9日　江戸への土産

富士の風や　扇にのせて　江戸土産

（蕉翁全伝）

富士山から流れてくる
山頂の雪をすべってきた風は
こんなに気持ちよく涼しいとは
だあれも知らないだろう！
この富士山の涼風を
うまく扇にのせて
江戸の人への土産としよう！

風流の世界とは、常識を飛び越えた世界。
涼風を扇にのせるとはすごい発想！

10日　入道雲をうごかす力

ひら〳〵と　あぐる扇や　雲の峰

（笈日記）

うつくしい　うつくしい
最高位の遊女が
ひらひらと　扇を
ゆっくり　静かに上げてゆく。
空いっぱいの入道雲も
遊女の扇の力で上がっていく……。
大きな力をもった芸だ！

遊女が扇をつかって舞う姿を、入道雲を
うごかしてしまう力があると賞讃する！

11日　かすかな涼しさ

命なり　わづかの笠の　下涼み

（江戸広小路）

いつもなら
涼しい木陰で
ゆっくり休めるのに
ゆく先にも　ずーッと林がなく
笠の下のわずかな陰で
ちょッぴり涼しさをもらって
命をつないで歩いている……。

暑さの中で涼しさを感じると生き返る。芭蕉はたった笠の下の影に、涼しさを求める。

12日　青田に涼む

たのしさや　青田に涼む　水の音

（真蹟懐紙）

なぜか　たのしい！
はるか遠く　なつかしく
青田が　ひろびろ……
あの山のふもとまで。
しずかに眺めていると　ふと
水の流れる音がする　流れる音……。
あゝ　涼しい！　たのしい！

青い田んぼ、水の音。ほとんど無価値のものが、芭蕉によって、値が千金となる。

13日 仏の微笑

南《な》もほとけ　草のうてなも　涼しかれ

（続深川集）

たった一人のほとけさま
あつくて　むんむんする
夏草のそまつな台の上で
安らかに　しずかに
涼しそうに
しずかに　ほゝ笑んで
坐っている……。

仏さまは夏草に立って微笑する。仏さまの思考の器が大きいから　面白くないという文句がない！

14日 寂しき夕暮れ

瓜《うり》作る　君があれなと　夕すゞみ

（あつめ句）

夕方になると　きみは
きまって　瓜をむいてくれた。
みじかい　いのちで
いまは　その姿がない……。
夕すゞみをしながら
あゝ　もしきみがいてくれたらなあ！
さみしい夕ぐれだ……。

一人になっても　喜びと感謝をもって生きたい！　去った人に手を合わせて……。

15日　涼しさを満喫する

涼しさを　我宿にして　ねまる也

（おくのほそ道）

暑い　暑い　夏の日を
はるかに　遠く旅をして
きょうは　涼しい尾花沢……。
あゝ　涼しい　涼しい
今夜は　自分の家にいるような
のんびりした気分で
涼しさを満喫して　寝よう！

尿前《しとまえ》や山刀伐峠《なたぎり》と　苦難の旅で危うく死にそうな思いをしたあとの「涼しさ」だ。苦難のあとには必ずやすらぎがある。

16日　ほのかに見える三日月

涼しさや　ほの三か月の　羽黒山

（おくのほそ道）

出羽三山の一つ
雄大で　美しい羽黒山。
右へ左へ　しずかな峰……。
山の上に　ほのかに
三日月が　のぼってくる……。
全山が浄化されて　心の底まで
なんと　涼しいのだろう！

「ほの三か月」は　ほのかに見える三日月、という意味だ。心をゆさぶる独創的表現！

17日 視点を変える

うつくしき　其《その》ひめ瓜や　后《きさき》ざね

（山下水）

すらッとしたひめ瓜は
すき通って　まっ白！
上品で　細長い。
名前にふさわしく
ちょッと　さびしそうな美女……。
皇后さまに　ひそかに
立候補したら？

ときには体から力を抜き、ふだんとはまったく違う回路の見方をして楽しむ。

18日 きらめく波頭

夕晴《ゆうばれ》や　桜に涼む　浪の花

（曽良書留）

雨の上がった翌朝……。
舟を浅瀬に浮かべ
大きな桜の老木の木陰で
ひっそり涼んでいると
夕日をのせた波が
まるでさくらの花びらのように
輝いて　輝いて　キラキラ……。

うち寄せる夕日にきらめく波頭をはらはら散る桜の花に見立てる。芭蕉の自由な時間。一日で芸術の世界を見ぬく。

19日 女性の夢

汐越《しおごし》や　鶴はぎぬれて　海涼し
（おくの細道）

象潟《きさかた》の汐越の浅いところに
海から　ぴたぴたと
かわいい波が　打ち寄せる。
ひらりと下りてきた鶴の足が
女性が裾をひざまで
すらりとからげ上げぬれてるようで
まあ　いかにも涼しい……。

自然の景色のなかに、ふと女性の夢をみて、にこやかに、機嫌よくやさしくなる。
何ともいえぬ芭蕉の喜び。

20日 闇夜の主役

闇夜《ヤミノヨト》《スゴク》　きつね下ばふ　玉真桑
（東日記）

昼のあとは　夜
ぞーッとするような
まっくら闇の夜
きつねが　ひそかに　ひそかに
そーッと　歩いて
まくわうりを　ねらって
忍び　忍び寄ってくる……。

夜になって、闇が舞台になると、きつねがまくわうりをねらう盗賊の主役となる。

21日 養生法

山陰や　身を養はん　瓜畠《うりばたけ》

（いつを昔）

世俗をのがれ
しずかな　しずかな山奥に
稲葉山の里……。
うり畠が　ひろびろ……。
里が　そっくり山の影のなかに入る。
涼しい。気持ちがいい。
さあ！　ゆっくり養生しよう。

心が散り乱れないためにはたまにはしずかな里にいって、うまい空気にゆっくり包まれる。それで幸福になる。不思議だ。

22日 師を越える

我に似《に》るな　二ッにわれし　真桑瓜《まくわうり》

（初蝉）

まくわうりを　サックリ……。
みごとに二つに割れて
これこそ　瓜二つ……。
でも　きみは
わたしから　なにかは学んでも
けっして　真似ずに
自分らしく　生きてくれ……。

若い時は、師匠や先生のまねをして、いいところを学ぶ。が、最後は指導者を追い越す。

23日　花も実も

花と実と　一度に瓜の　さかりかな
（こがらし）

早咲きの　瓜の実が
うまそうに　実ってる
そのすぐそばに
遅咲きの花が
きれいに　咲いている。
実も　花も　いっぺんに
盛りを迎えている。

早咲きの方が遅咲きの瓜よりうまい。そんな比較の価値観があるとこの句は詠めない。比較の心をすてて、あるがままに……。

24日　瓜の花

瓜の花　雫《しずく》いかなる　忘れ草
（類柑子）

かわいらしい　瓜の花
こっそり　こっそり
しずかに落ちる　ひとしずく
どんな縁が　あるのか？
ひとしずく　ひとしずく
一心に眺めていると
ふと　悩みを忘れてしまう……。

世事のことをあまり心配せず、この時、この刹那《せつな》をよく観察し感動して生きていこう！　その時涙が出そうになる。

25日 本性にしたがう

夕《ゆうべ》にも　朝にもつかず　瓜の花

（佐郎山）

かわいい　朝顔の花は
朝早く咲いて
しずかな　夕顔の花は
夕方咲いて　みんなを楽しませる。
瓜の花は　朝の花にもならず
夕べの花にもならず
日盛りに　悠然と咲く……。

朝夕昼とあれこれこだわらず、本性にしたがって、あるがままに自分を生きぬく。人生をむやみに操作してはいけない。

26日 強く、勇ましく

雪の中の　昼顔かれぬ　日影哉

（真蹟懐紙）

つめたい　雪の中でも
昼顔の根ッ子は　枯れない……。
暑い　暑い　夏の日光にも
じーッと　へっちゃらで
つよく　勇ましく　だから
繁殖が　たくましくどんどん
ゆたかに　咲きつづける……。

大きな使命をもった人に、天はその人を鍛えるために精神と肉体に苦しみを与える。

27日 子と遊ぶ

子ども等《ら》よ　昼皃《ひるがお》咲キぬ　瓜むかん

（藤の実）

暑い！　暑い！
子供たち　みんな
暑い盛りだけど
昼顔の花が　きれいだぞ！
冷たい瓜をむいてやるから
みんなで　食べながら
みんなで　昼顔の花を見よう！

まわりにいる子供たちと、もっと近づいて仲よく遊んでやろう！　勉強ばかりじゃ暗い。

28日 自分を客観視する

馬ぼく〳〵　我を絵に見る　夏野哉

（三冊子）

日が照って　暑い夏野
馬も　つかれたか？
ぼく　ぼくと　ゆっくり……。
馬の上に坐っている自分も
暑い夏野を　ゆっくり　ゆっくり
このつらい姿を　絵にかいて
額に入れてしまおう……。

苦しさつらさは、自分の姿を高いところから、写真でもとるように客観視すれば消える。一段落高いところから見る。

29日　不易と流行

万代不《ふ》易《えき》有《あり》　一時の変化あり

（三冊子）

「万代不易あり」とは、いつまでも変わらないもの。「一時の変化」とは、その時その時で変わること。自分の体でいうと、呼吸は子供のときも大人になってからも変わらない。不易である。

　が、姿は時とともにどんどん変わる。流行変化である。自分自身の人生を見るとき、いつでも不易と変化の二つを利用するとうまく生活できる。

30日　自分だけの言葉

此道に古人なし

（三冊子）

　聖徳太子は　こういっている。お釈迦さまも、こういっている。孔子さんは、あゝいっている……と、古人の言葉を杖として生きることは、すばらしいことだ。大切なことだ。

　が、人生最後は、古人にいわれた尊い言葉に関係なく、自分で現代を見て、自分の現代生活から学びとった生きる自分だけの「言葉」があるといい。

31日　何事も

何事も　何事も　御楽しみなさるべく候
（牧童宛書簡）

人から褒めてもらおうと思って、がまんして、がんばって生きる。がんばることが楽しければ、それもいい。たゞし、がんばることがいやになっても、がむしゃらに努力してると、いつかうごけなくなる。そうなったら、楽しみを見つけよう！　楽しむことのすばらしさを自得しよう！　好きなことを見つけて、楽しめばうごける。

8月

1日 悩みがあってこそ

雲の峰　幾つ崩《くずれ》て　月の山

（おくのほそ道）

出羽の名山　月山《がっさん》
月が　うつくしくかかろうとすると
入道雲が　いくつも　いくつも
湧いては　くずれ
湧いては　くずれ
いま　やっと晴れて
月山の姿が　月に照らされた。

月も、雲が流れなくては、つまらない。
人生も悩みがなくては、面白くない。

2日 幸不幸は自分が決める

夏来ても　たゞひとつ葉の　一葉《ひとは》哉

（笈日記）

夏にむんむん茂る草……。
どんどん　どんどん葉をふやす。
なんと　ふしぎ?
一葉は　名前のとおり
たった一枚の葉をつけたまま
これで十分といって
夏を送っていく……。

自分がいいと思えばいい。わたしは幸福だと思えば幸福、不幸と思えば不幸。

3日　儚き命

もろき人に　たとへむ花も　夏野哉
（笈日記）

まだ　まだ幼いのに　この子は
この世を　去った……
うつくしい花のように
はかない命だったね……。
と　あのときたとえた花は　いまはなく
夏の野は　ただ　ただ
草が　むんむん茂るばかりだ。

幼くして世を去る子供のかなしさは絶句する。夏の野原にはかなしむ言葉がない。いのちを思うとき、だれも詩人となる。

4日　悲哀を胸に秘めて

語られぬ　湯殿にぬらす　袂《たもと》かな
（おくの細道）

湯殿の前に　ちょこんと
薪をくべている……。
いま　風呂に入っている人が
すきで　すきでたまらない。
でも　それは　だあれにもいえない。
ただ　ひたすら胸にひめて
涙で　ほほをぬらしている。

人はだれでも、これだけは絶対人にはいえないという愛の秘密を、ひとつ持っている。愛の組み合わせは、パズルだ。

5日 魂の美しさ

小鯛さす　柳涼しや　海士《あま》がつま

（曽良書留）

どこまで　ひろい越後の海
うつくしい　後家さんの海士《あま》が
日やけした　からだで
柳の枝に
いま　とったばかりの小鯛を
きれいにさして　歩いていく……。
まあ　なんと涼しい景色だろう。

魂の美しさは、見えない。でも肉体の美しさの中には、たしかな魂の美しさがある。

6日 涼やかな滝の心

うら見せて　涼しき滝の　心哉

（宗祇戻《そうぎもどし》）

日光の滝　日本一……。
ふき立つ　水しぶき
それだけで　涼しいのに
滝の裏側に入れてくれる。
なんと美しく　さわやかで
なんと　涼しいことか！
まさに日光の　涼感だ。

滝は、ふつう表から見る。日光では裏から見せる。そこに、日光の涼やかな心ばえがある。

7日　入日に想う

唐破風《からはふ》の　入日や薄き　夕涼　（流川集）

屋根の切妻につけた
ゆるく反り返って
ゆったり曲がった唐破風に
少し薄くなった入日が
しずかに　落ちて
ああ　日中の暑さが
やや治って　涼しい……。

なんとかこの暑さから逃れたい！　芭蕉は、涼しい景色を見つけて居心地を涼しくした。人にとって大切なことは居心地だ。

8日　沢蟹

さゞれ蟹《がに》　足はひのぼる　清水哉　（続虚栗）

きれいで　つめたい
さらさら　流れる清水に
足をひたし
涼しげに　足をうごかして
岩かべを　上へ上へと
ころばないで　とてもうまく
這《は》い上っていく蟹がいる。

人の世は、暑い暑いの文句！　小さい沢の蟹は、涼しい世界。

9日 霊の宿る場所

無き人の　小袖《こそで》も今や　土用干

（猿蓑）

五月十五日に
去来《きょらい》の妹さんが　二十代で
病気で　この世を去った。
小袖が　とても似合う
かわいい　美しい人だった。
その小袖も　いまは
土用干しされているだろう……。

むかし日本では人が亡くなっても霊は身近な小袖に留っている…と考えられていた。

※去来…芭門十哲のひとり。

10日 蓮の香

蓮のかを　日にかよはすや　面《めん》の鼻

（真蹟短冊）

蓮の池の　すぐそばの能舞台……。
池は　いま蓮の花でいっぱい……。
ときどき　芳しいかおりが
ただよって　涼しい。
能楽師は　面の目で
蓮の花を見て
面の鼻を通して
花の香を味わっている。

能面の三つの穴は、階層的に分離することによって、目と鼻の別の機能をもつ。

11日　人間の愚かさ

愚《ぐ》にくらく　棘《いばら》をつかむ　蛍哉

（東日記）

ほ　ほ　ほーたる来い！
あッ　ほたるが　いたぞ……
まっ暗やみに　光ってる。
そーッと　つかまえて
さーッと　つかんだ！
あいたたたッ……愚かなことに
いばらのとげも　つかんだ！

目の前の利益に目がくらんで、とんでもない不幸に出会うことは、だれも日常茶飯事！

12日　母を弔う

水むけて　跡とひたまへ　道明寺

（江戸広小路）

むう　むう　むん　むん
暑い　暑い！
みんなで　墓まいり……。
石に　たくさん水をかけ
亡き母の霊を　なつかしい母を
すこしでも　涼しくして
後生を弔《とむら》ってあげよう……。

心の底から手を合わせ、先祖の霊の安泰を願うと、自分の生きる道が見えてくる。簡単に消える命が、いま生きている。

13日 花は花のままに

蓮池や　折らで其《その》まゝ　玉まつり

（千鳥掛）

それは　折らないで
そのまま　供えた方が　いい。
蓮の池に咲く
小さな　小さな　一本の花。
折ったり　切ったりしないで
そのままを大切にして
ご先祖さまに　ささげよう！

美しい花は、そのままがいい。あまり美しくなくても、できたらそのままがいい。そのまま、明るく成長しよう！

14日 胸を張って生きる

数ならぬ　身となおもひそ　玉祭り

（ありそうみ）

おじいさま　おばあさま
お父さん！　お母さん！
大きな　大きないのちを
ありがとう！　ありがとう！
わたしはダメだなんて　思わず
胸を張って　頭を上げて
あかるく　楽しく生きていけよ！

なによりも、まず自分が好きになって笑ってみる。笑えば　どんな苦しみも克服できる。

15日 宿命

家はみな　杖にしら髪《が》の　墓参《はかまいり》　（続猿蓑）

さみしいな
みんなニコニコしていても
みんな白髪頭《しらがあたま》で
みんな杖にたよって
お墓参りをしている。
こわい人も　やさしい人も
みんな年とった。

すべての存在は、変わっていくのだ。でも、すべての存在は、つながっている。私の命、あなたの命、同じ命が共鳴している。

16日 寿命と魂

玉祭り　けふも焼場《やきば》の　けぶり哉　（笈日記）

ご先祖のみ魂《たま》を　送る。
小さな小さな声で
また　来年も来てください……。
ふと　見ると
今日も　火葬場には
少ししか　うごかない早さで
煙りが　上っている。

肉体には　寿命がある。肉体は　朽ちて無くなる。が、み魂《たま》は消えないで存続する。人は死なない。

17日 平明な生活に光るもの

夕顔や　酔《よう》てかほ出す　窓の穴

（続猿蓑）

ちょッと　酒をのみすぎた。
あゝ　暑い！
顔が　ほてっている。
小さな窓から　顔を出して
すゞしい風にあたろうとした。
ふと　のぞいてみると
外は　まっ白な　夕顔の花だ。

生きる価値は「こういうものである」と明示できない。平明な生活の中に光るものだ。

18日 多種多様

夕がほや　秋はいろ〳〵の　瓢《ふくべ》かな

（あら野）

雪のように
いちめん　まっ白に
夕顔の花が　咲いている。
だれも　かれも　みな同じ花。
秋になると
みんな　いろいろの形の
瓢簞《ひょうたん》になる。

赤ちゃんの時はみな同じ。成長するにつれて、多種多様の考え方になって違ってくる。

19日 落ちながら飛ぶ蛍

草の葉を　落《おつ》るより飛《とぶ》　蛍哉
（いつを昔）

夏草のうえに
かわいい　ほたる！
手をひろげて
つかもうとすると
ほたるは　下へ落ちた！
と思ったとたん　飛び上がって
一瞬！　宙に逃げた。

「落るより飛ぶ」。落ちてから飛ぶのではない。落ちながら飛ぶ蛍の力のすごさを見る。

20日 蛍の光と月の光と

此《この》ほたる　田ごとの月に　くらべみん
（みつのかほ）

田んぼの水を
つきぬけるように
ほたるの光が　うつくしい……。
田毎に一つずつ　きれいな月……。
ほたるの光も　月の光も
水に映っている……。
どっちが　美しいかなあ

光というものは、すごく神秘的な力をもっているということを、私たちは、忘れてた。

21日 蛍の花の宿

己《おの》が火を　木々の蛍や　花の宿

（東華集）

枝にとまった　ほたるたち
自分の火を　キラ　キラ
キラ　キラ　輝かせて……。
木を宿にして
たくさんの枝を
花のように　かざって
ひと夜　そこに泊まっている……。

蛍が花のように美しくひかっている木の枝を、蛍の花の宿と見立てた。

22日 楽しき思い出

ほたる見や　船頭酔《よう》て　おぼつかな

（猿蓑）

ほたる見で　舟を出した。
いっしょに　のもう！
船頭さんが　振舞酒で
すっかり　よっぱらって
ほたるを見ながら
ふら　ふら　櫓《ろ》をこぐ……。
あぶなっかしいね！

そのときでないとわからない、頼りない不安！　あとになれば、楽しい思い出……。

23日　人の句は咎めず

他人の句はとがむまじ

（三冊子）

ふだん、どんなに仲のよい友だちであっても、夫婦であっても、ちょッとでも、とがめる言葉をつかうと、とたんに気持ちがぎくしゃくしてくる。芭蕉は、人の句をほめても、けっして、とがめたり、なじったり　まちがっている……と弟子や人を責めたてることは　しなかった……と、いう。
だれもがかけがえのない存在だから……。
いまはだめでも、必ず成熟していくから……。

24日　嫌う心

嫌ふ事を持《もち》たるは、作者清からず心きたなし

（三冊子）

人は　みんなで仲よく生きることに　たいへんすぐれた生物だ。集団でうまく生活してきたからこそここまで発展してきた。みんなが好きになれば楽しくやれる。が嫌う心を持ったとたんに、混乱が起こる。家庭も、世界も　嫌う心を持ったら、気持ちよく生活することがむずかしくなる。
「嫌う心」は　一番きたないけしからん心だ。

25日 相手を思いやる

常にくるしからず
うち出せといふにはあらず

（三冊子）

個人主義のいい点は、自分の考えを大切にしてくれることだ。ただ注意をしなくてはならないことは、自分の考えが絶対だ……と思ってしまうことだ。そして、やたらに自分の考えと違う人をやっつけたくなることだ。自分の考えをいくら自由に主張しても、常に相手を思いやる。あまり無遠慮に自分の考えを打ち出してはいけない。人の考えもよーく聞き大切にする。

26日 人生二度なし

又せんとは　云ひがたし

（三冊子）

あゝ　すごくうまくいった。あゝすごくうまく作れた……こんなにうまく作れたのだから、もう一度作ってみよう……そう思って、努力しても　同じものは二度とできない。それが「又せんとは云ひがたし」の意味である。道元の言葉に「灰は薪《たきぎ》に帰らない」がある。人生、いくら努力しても、もとへは帰れない。だから、今！　いま！　又はない。今日一日も……。

27日　話す時の心得

万《よろず》心遣《づか》ひして　思所《おもう》を明すべし

（三冊子）

いまの人は、すごく早く話すようになった。会話していても、対談していても、相手の人の話が終るや否や、すぐ自分の考えを早口で話す。「万心遣いして」とは、相手の気持も十分考えて「思う所を明すべし」自分の思いをゆっくり発表しなさい……と。いまは、とにかく早く早く……。ちょっと前までは、とにかくゆっくり落ち着いて……。どっちがいいかわからん！

28日　俳句作りの極意

句作りは　のこすべし

（三冊子）

どうも、俳句が詠めない。いい俳句が詠めない。そう思って、俳句の才能がないや……。たった、五・七・五の詩だから、かんたんにできると思ったが……。「句作りは　残すべし」俳句をつくるときには、はじめはふとこの景色の俳句を詠みたいなあ、花を詠もうか、月を詠もうかなあぐらいは考えても、すぐ作ろうとするな！　あとでゆっくり一句にまとめなさい……。

29日 初心の句こそ

功者《こうしゃ》に病あり（略）初心の句こそたのもし

（三冊子）

長い間、俳句を作って、修行をつみかさね、俳句を作る技術を身につけた人は、自分は俳句を作ることがうまい……と、たゞ、ひたすら、よい俳句を作ろうとばかりしているから、かえって、俳句に生気がなくなり、病人のようにつかれたものになる。俳句というものは、功者の句よりも、はじめて作った人の句が、たのもしい。

30日 向上向下の道

高く心をさとりて俗ニかへるべし

（三冊子）

無我であり、空であり、無心である大自然の生命のすばらしさを悟り、その大自然の生命に感謝をささげ、大自然と一体となって生きる修行が完成したら、そんな悟りをポイとすてて、人間生命のごちゃごちゃになっている社会生活に帰って、人間と手を結び、人間と一緒になって、人間に役立つ欲っぽい自分の人生を樹立しなさい。

31日　松から学ぶ

松の事は　松に習へ
（三冊子）

松について学びたいなら、松をよく見て、松そのものから　松を学ぶ。けっして竹について学んだことに執着してはいけない。竹について学んだことはすてゝ、すなおな心で、松から学ぶのである。いま、時代はすごいスピードで変わる。こうしたときには、古きに学びつつも新しい時代の、新しい考え方をどんどん学ぶ。現代は、現代に学べ。

9月

1日 池に映る名月

名月や　池をめぐりて　夜もすがら

（ひとつ松）

名月が　かっきり
池にうつって　かがやき
この美しさが　不思議でたまらない。
月が少しずつ　ひとりでうごく。
わたしも　池を回りながら
夜通し　ずーッと
月見をしてしまった。

忙しい、忙しい。せっかちになる。たまに落ち着いて、ゆったり、月見をしたい。

2日 老婆の友

俤《おもかげ》や　姥《うば》ひとりなく　月の友

（更科紀行）

だまって　涙をため
姥捨《おばすて》山に捨てられた老婆は
だれも対手《あいて》がなく
一人ぽっちで　泣く泣く……。
月を友だちとして　ぽつんと
いつまでも坐っている……。
月の光の面影だけが　老婆の友だち。

百年ちょッと前まで六十歳で山に捨てられた。いまは年金をもらって高齢者生活。感謝。

3日　不満を満足に変える知恵

雲おり〳〵　人を休める　月見哉
（ひとつ松）

ほんとは　雲がない方が
月が　よく見えて　うれしい。
あッ　また雲に　かくれた！
あッ　こんどは　でっかい雲！
時々　雲のかかるのは　いやだ。
けれど、雲が折々かかるたび
月見の人を　ほっと休ませる。

休ませてくれる、と思えば雲はありがたい。人生不満を満足にかえる知恵が必要。

4日　命の種を育てる

命こそ　芋種よ又　今日の月
（千宜理記）

芋の種を植えると
だまって　芋が育つ。
東の空から昇ってきた
まんまるの名月を
みんなで　愛でるのは
命が　種。
命を育てる芋があってこそ夕月も見られる。

名月が見られる人の生命の原理を沈思すると、芋の働きにも命を育てる驚くべき神秘力がある。

5日　発想の転換

わが宿は　四角な影を　窓の月

（芭蕉庵小文庫）

畳のうえに
宿の窓の　四角のまま
さし込んでいる月の光が
四角い影を　つくっている。
丸い月なのに
四角な窓をぬけると
四角になってしまう。

月だからいつも丸く見たいと思ったら四角の月に不満が出る。常に発想を転換して満足する。

6日　机の四隅を照らす光

入《いる》月の　跡は机の　四隅《よすみ》哉

（句兄弟）

芭蕉の弟子其角《きかく》の父は
机の前に坐って　読書したまま他界。
月が沈んでも　文芸に親しみ
毎日　暁の太陽の光が
机の上の四つの隅を照らすまで読書。
主人《ぬし》は　もはやいなくても
夜明けの光が机の四隅に……。

考える力を養うには、現実から脱出して、机に向って読書するほかはない。いい読書は生きる力、やる気を起こす。

7日　名月を見る喜び

名月は　ふたつ過《すぎ》ても　瀬田の月

（西の雲）

名月だ。新鮮だ。
新しい。うれしくて歩く　また歩く。
名月だ。名月だ。
なんと　美しい！
瀬田の月は　どこへ行っても
ひとつ　ふたつ　みつ
見るたびに　新しく　美しい。

夜中に一歩踏み出すのは、億劫《おっくう》だ。でも、美しい月があれば、どんどん歩ける。明月は人の生きがいとなる。

8日　毅然と立つ

そのまゝよ　月もたのまじ　息吹やま

（後の旅集）

いつもなら
きれいな月が　光っているのに
きょうはなんにもない空
でも伊吹山《いぶきやま》は　暗やみのなかに
こっちを向いて　毅然と立つ！
月の風情を頼まなくても
闇のなかで　偉大だ。

まわりに頼ってばかりいると、ビクビク悩み出す。自分を鼓舞し胸を張ればカッコいい。人から頼られる自分でありたい。

9日　師に倣う

衣着て　小貝拾はん　いろの月　（荊口句帳）

ゆうぐれの月
種《いろ》が浜が　光に染まるころ
西行《さいぎょう》と同じように
墨染めの衣を　身にまとって
ますほの　小さな小さな貝を
ひとつずつ　拾った。
ひとつ　また　ひとつ。

自分が尊敬する偉大な人の真似をそっくりすることで、けっこう自分を磨ける。

10日　発想の転換

月のみか　雨に相撲も　なかりけり　（ひるねの種）

ある日……。月が出ない。
厚い雲に　かくれてしまった。
雨が　ポツン　ポツン
そのうち、ざあざあ降り……。
相撲興行も　中止！
ああ　月が見られないばかりか
楽しみの相撲も　見られない。

見られなかった状態のとき、ふと「見られたとき」の楽しみのメッセージが浮かべる。思い出をうまくつかって生きる。

11日　自分を捨てて生きる

月清し　遊行《ゆぎょう》のもてる　砂の上

（おくの細道）

気比《けひ》神社に参拝したいが
道が泥沼になって歩けないで　みな困った。
その話をきいた遊行の上人は
浜から　ひとりで砂を運んで
新しい道を　つくった。
その砂の上を　いま
月が　キラキラ輝いている。

他阿遊行上人は、自分の生活を一切捨てて、一生かけてみんなの通れる道をつくる。上人はいまやれることを忘れなかった。

12日　命あればこそ

中山や　越路も月は　また命

（荊口句帳）

小夜《さよ》の中山の月も
越路の中山の月も
ああ　すごく見たかった月を
やっと　いま仰いでいる。
しみじみと月の光を　身にまとっていると
生きていてよかった。
命があったから　月が眺められた。

月の光を、しずかに体の中に入れると、いい知れない幸福感に包まれる。なぜか体が華やいでくる。

13日 喧嘩は止せ

月影や　四門四宗も　只一《ただひとつ》
（更科紀行）

森のあちこちに　寺が
五つ　六つ
いろんな宗派が　競っている。
日がしずんで　月が出ると
夜なかの　しずかな
清らかな光に　抱かれて
宗派は　仲よく一つになった。

宗教の各宗派で、競ったり争ったり。宗派のけんかは止《よ》せ！　と、月の光でさとしている。

14日 湧き出す喜び

月はやし　梢は雨を　持《もち》ながら
（鹿島詣）

あッ　落ちそう！
なんだか　心配。でも……
木の梢は
雨滴を　こぼさないで
しっかり　持ちつづける。
風が流れる　雲間　雲間を
月が　高速で走る。

雨のしずくを持ちつづける木の梢。雲間をつっ走る月にしずくが共感してパッパッと光る。

15日　田の青と海の青

はつ秋や　海も青田の　一《ひと》みどり

（千鳥掛）

やっと　秋がやってきた。
まだ、秋は　浅くて
紅葉に輝く　深さはない。
まだ田んぼが　青い。
その向こうの海も、青い。
田の青と、海の青が
大きく身にせまる。

秋は、紅葉だけが美しいわけではない。
初秋の緑一色の広々とした世界も、楽しい。

16日　湧き出す力

朝な〱　手習《てならい》すゝむ　きり〲す

（入日記）

毎朝　お習字をならって
ずいぶん　腕も上がって
字の線の質も　ととのってきた。
ふと　こおろぎ
せっせ　せっせと鳴いて
鳴く手習いをしている。

こおろぎに励まされるように、習字に打ち込む。こおろぎと、一緒に生きる姿。みんな仲よく……いい言葉だ。

※きりぎりすは、いまの「こおろぎ」。

17日 矛盾という必然

むざんやな　甲《かぶと》の下の　きりぐ〱す

（おくの細道）

実盛《さねもり》は
白髪を染めて出陣し
二歳のころから大切に育ててやった
木曽義仲に討たれる。
いま、不運な実盛の甲の下で
こおろぎが　けんめいに
むせび鳴いている。むざんだなあ！

昔育てた子に命をとられる。人間というのは、矛盾なくては生きていけない。

18日 飛び込む勇気

蜻蜓《とんぼう》や　とりつきかねし　草の上

（笈日記）

身ぶるいしながら
トンボが　一匹
なんとかして
草の上にとまろうとして
なかなか　うまくとまれないで
日光にキラキラひかって
飛んだまま　困っている。

できるかどうか？　わからなくて、迷ってしまう。思い切ってやれ！　やればできる。

19日 自律

わせの香や　分入《いる》右は　有磯海《ありそうみ》

（おくの細道）

ああ　疲れた。
黙って　ぽつぽつ
峠を登る。
やっと　頂上！
あッ　右手に富山湾が見えた。
一面早稲《わせ》の田んぼが　ひろい　ひろい。
とたんに稲の香のなかで　元気が湧く。

自然が彩る偉大な景観は、人に頼らず自分で生きていく力を、思わず発露する。

20日 「孤独」を見つめる

刈あとや　早稲かた〳〵の　鴫《しぎ》の声

（笈日記）

夕日ざしが　くっきり
半分刈った田んぼに
斜《なな》めに射し込んでいる。
早稲の稲だけ刈ったのだ。
そこに鴫がやってきて
そろって　大空を見上げて
なき叫んでいる。

刈り取った田に、鴫の鳴くユーモラスな姿に気がつく、ひとりぼっちの世界すべての人に大切なことは、自分に生きること。

21日 楽な生き方

荻《おぎ》の穂や　頭《かしら》をつかむ　羅生門
（蕉翁句集草稿）

とてもかえらぬ昔の
平安京の正門に
たんぽぽ色の夕日が照った。
ああ羅生門。
荻の穂が　ぐんぐんと伸びて
ゆらゆらゆれながら
わたしの頭をつかんでくる。

むりのない平和な生活がしたいなら、自然と友だちになって、自然と話をする。毎日自然といっしょに成長する。

22日 自然の言葉

荻の声　こや秋風の　口うつし
（続山井）

きのうも　きょうも　秋の風
荻にあたって
声が　する。
しらない言葉が　きこえてくる。
秋の風が
こんちわ　こんちわ
と　いっているんだ。

わたしたちには言えない自然の言葉は風や水の音となってほほえみかけてくれる。すると人の声にも耳を傾けられる。

23日 見つける力

しら露も　こぼさぬ萩《はぎ》の　うねり哉
（芭蕉庵小文庫）

萩の花の枝に
白い露が　ポツンとひとつ
じっと　空を見つめている。
秋風が　流れる。
ゆら　ゆら　あッ　露が落ちそう！
花の枝は　風にうねりながら
白露を　こぼすまいとしている。

芭蕉はみんなが「見ているのに見えない」自然の微妙な心を見る。その瞬間が芸術を生む。

24日 小さな輝き

浪の間や　小貝にまじる　萩の塵
（おくの細道）

静かに　静かに
波は　寄せては　かえってしまう。
ふと　みつめると
小さな　小さな貝に
萩の花びらが
塵のように
キラ　キラ光っている。

寂しい、寂しいなんにもない浜の浪間の貝と萩の花びらに視点がゆく。すごい！

25日 素直なこころで

小萩ちれ　ますほの小貝　小盃《こさかずき》　（俳諧四幅対）

ちいちゃな　ちいちゃな
萩の花
荒れた風に　どんどん
ちってくれ！　ちってくれ！
いまひろった
ますほの小さな貝の上にも
酒を飲みほした　小さな盃の上にも……。

気持ちが、いつも若くいられたいなら、花とも、すんなりと、友だちになれること。花が自分の若さを気づかせてくれる。

26日 変化の中に生きる

寝たる萩や　容顔《ヨウガン》無礼　花の顔　（続山井）

このかわいらしい萩の花も
秋の風で　あわれに吹きあれて
寝ながら　あばれているみたい……。
姿も　顔も
みんな無礼にみだれ
しずかに落ちついて咲いたときの
萩の美麗さは　どこにもない。

女性だっていつまでも、ずーッと美しくあることは、できないかも知れない。が、女性には心の美がある。

27日　美の真実

ぬれて行《ゆく》や　人もおかしき　雨の萩

（真蹟懐紙）

きょうは　さみしい秋の雨
しおらしい雨の中の萩
パラパラと雨にうたれていても
まあ　きれいな花！
といい置いて
ただひとり　花を去って
歩いて行く人の姿が　思わず美しい！

雨にぬれながら、萩の花を賞していった女性。美の真実は、日常の些細《ささい》な心にある。

28日　言葉の力

一家《ひとつや》に　遊女もねたり　萩と月

（おくのほそ道）

つめたい波に洗われた
一振《いちぶり》の宿で
若い二人の遊女が
隣りの部屋で
かわいそうな身の上話をしている。
乞食同然の坊主姿の自分と
月光の萩の花のような遊女と一緒。

この句の「も」が、「と」となったら、困る。一字には、恐ろしい力がある。

29日 心の保ち方

萩原や　一《ひと》よはやどせ　山のいぬ
（鹿島詣）

夜なかの風は　いたずらに寒い。
今夜は　宿もない。
狼が　遠くで吠える。
近くで　野生の犬が大声をあげる。
狼よ！　犬よ！
一夜でいいから、静かにしてくれ！
萩原を宿にして　休みたいから……。

狼や犬がこわいともがくと苦しくなる。友だちのようになって話しかけて、落ち着く。

30日 何事にも意味を見出す

みそか月なし　千とせの杉を　抱《だく》あらし
（野ざらし紀行）

伊勢神宮で月を見たい。
しずかで　あかるい月の光をあびて……。
しかし外宮《げくう》は　月のない闇夜の中
その上さっと　嵐が襲ってきた。
強い大風が千年の杉を　ぐさぐさと
抱きかかえながら
激しく　吹き去ってゆく。

月を見に行ったのに嵐だった。そのつらい現実を冷静に芸術化する。

10月

1日 秋風のしらせ

秋来にけり　耳をたづねて　枕の風
（江戸広小路）

やっと涼しくなって
ぐっすり寝込んでいた
しずかな枕もとに
ひんやり秋の風がやってきて
耳もとで　やさしく
「秋がきましたよ」
と　知らせてくれた。

涼しい秋が、自分の肉体のなかにもあったことを　秋の風が教えてくれた。

2日 見慣れた風景

芋洗ふ女　西行ならば　歌よまむ
（野ざらし紀行）

きれいな　ゆびさきで
さら　さら　さら　さら流れる
川の岸に　しゃがんで
せっせと　芋を洗う
娘さんたちを　見て
西行が　ここにいたら
いい歌を詠むだろうなあ！

和歌は、雪や月や花や美しい自然を詠む。
芋洗う女は、西行なら詠めるだろう……と。

3日　前を向く覚悟

物書《かき》て　扇引《ひき》さく　余波《なごり》哉

（おくの細道）

いっしょに　旅をしてきた
親しい友と　別れる。
とても　さびしく　つらかったが
俳句を一句扇に書いて
扇をバッサリ引き裂いて
一方は友に　片方は自分が持って
別れのなごりとした。

愛した人と別れる。そのつらさを離れたいなら、扇を引きさく決断の行動が必要だ。

4日　我慢という美徳

蜘《くも》何と　音《ね》をなにと鳴　秋の風

（俳諧向之岡）

クモが、巣をみごとに張って
真ん中に、ポツンとじーッとしている。
強い秋風が吹きつけ
巣が　ゆらゆら……。
クモよ！　その我慢のとき、
秋の風が　なんといっているか、
よくわかるだろう！

ピンチの時じーッとうごかず我慢するのは、美徳だ。我慢にきたえられて、充実する。我慢のとき、幸せになるアイデアが浮かぶ。

5日　不動の世界

猿を聞人《きく》　捨子に秋の　風いかに
（野ざらし紀行）

猿の声をきいてさえ
苦しく、悲しいのに、
大声をあげ涙をとばして泣く捨子に
いま、秋風が、きびしく、吹きつけている。
捨て子をすくうべきか
このままにして旅にでかけるか
あなたなら、どうする。

目の前の言い知れない不幸！　こんなとき、見えない秋の風の不動の世界の存在に、気がついて、旅をつづける。

6日　真の理解

たびねして　我句《わが》をしれや　秋の風
（濁子本野ざらし紀行）

山や　こんもりした森
その上の　でっかい空に
星が　キラ　キラ……。
その下で　ひとりで
たびねをしてから詠む
わたしの　秋の俳句の
さびしい心を　知ってほしい。

自分で経験しないことは、なかなか深く理解できない。真の理解はやはりどうしても自分の経験の中にある。

7日　大きな自然

東にし　あはれさひとつ　秋の風

（真蹟懐紙）

東の方でも　秋風が　吹く。
西の方でも　秋風が　吹いている。
東の方で吹く風も
西の方で吹く風も　しんしんと澄んでいる。
深く静かな秋
ちょッと、さびしい秋
秋の悲哀は　どこも　同じだ。

東の方で吹く風も、西の方で吹く風も、大きな自然でつながっていた。

8日　人の偉大さ

塚も動け　我泣声《わがなく》は　秋の風

（おくの細道）

大切な門人であった一笑《いっしょう》は
わたしが江戸を旅立つ前に、
ここ金沢で他界していた。
わたしの泣き声は
秋風となって、大声で吹きつける。
塚よ！　私の悲しい泣き声に
どうか応えて、ちょッとうごいておくれ。

失ってはじめて、その失った人の、本当のありがたさを、実感する。つながっていた命だから、失うと悲しい。

9日 物事の捉え方

あか〳〵と　日は難面《つれなく》も　あきの風
（おくのほそ道）

あかあかと
太陽は
つれなく、無情に照りつけてくる。
日差しは、きびしい。が……
風だけは　なんともいわずに
すっかり
秋らしく　涼しい。

現状の悪いところだけしか見ないと、つらい。悪い現状にもいい点が、必ずある。
つれない暑さに吹く秋の風。

10日 生きている至福

月の鏡　小春にみるや　目正月
（続山井）

ああ、なんと　美しい月。
春のようなほんのりした風が
皮膚をそーッと流れていく
こんなあたたかくやさしい秋の空に
鏡のような月をみると
子供のころ正月を迎えた
ほんのり楽しい心になる。

まんまるな名月をしみじみ眺めていると、自分がこの世に生きている至福さえ感じる。
名月を見られるのは、生きがいである。

11日　風の色

石山の　石より白し　秋の風

（おくのほそ道）

ここ那谷寺《なたでら》の石は
近江の石山より
白い！
いま、石の上を吹きぬけていく秋風は
まっ白ではないか。

「風」を色で感じるというのは、そう簡単な感性ではない。普通の人は、視覚では絶対つかめない秋風を、「白い」とズバリ表現できる感受の自由が、芭蕉の言語力のすごさだ。

12日　心の若さ

秋風の　ふけども青し　栗のいが

（こがらし）

秋風が吹いて
木の葉も
木の実も
どんどん色づいていくのに
栗　栗
栗だけが
まったく割れないで、青々としている。

いつまでも青春のような栗。年齢を経たことを軽視する必要はない。いつまでも若く！　気持ちだけは、若く持つ。

13日 「いま」を大切にする

野ざらしを　心に風の　しむ身哉
（野ざらし紀行）

野原で白骨になって死んでもいい、と
しっかり覚悟をきめて
いま旅立とうとしても
ふと、秋の風が吹いてきて、
その寒さが　しんしんと
深くしみてくるわが身である。

当時の旅は、死の覚悟だった。明日どうなるかは、だれにもわからない。明日からのことは丸投げにして、芭蕉は、旅に出た。

14日 はだかな心

身にしみて　大根からし　秋の風
（更科紀行）

木曽の山路は
秋風が　いっぱい。
宿の食事に
からみ大根たべる。
からい！　からい！
秋のひやひやした風も
からい大根も　骨身にしみる

はだかな心で、大根が、からい！　と味わう。ただそれだけで、悩みなんか、すっ飛ぶ。

15日 応援の気持ち

なに喰《くう》て　小家《こいえ》は秋の　柳蔭《やなぎかげ》

（茶のさうし）

柳の葉ッぱが、しんみり散る。
小さな、小さなお家が　一軒。
とても、とっても、貧しそうだ。
この家に住んでいる子供たちの
お腹は　すいていないか？
何か食べるものはあるのかなあ！

貧しいお気の毒な現実にあうと、心が裂かれて、じーッと同情の目をつぶって、幸福をお祈りしたくなる。

16日 光の手柄

草いろ〳〵　おの〳〵花の　手柄かな

（笈日記）

あっち向いて咲く赤い花
こっち向いて咲く白い花
草も　いろいろ
花も　いろいろ
お日さまのお手柄の光が
ひとつ　ふたつ　みつ　よつ
いろんな草花に……。

たった一つの太陽が、一万二万の草花を咲かせ、実を結ばせ、光の手柄を見せる。

17日 心と体

露とく〳〵　心みに浮世　すゝがばや

（野ざらし紀行）

岩と岩の間から
歌っているように
とくとく　とくとくと
露が　したたっている。
むかしも　いまも
とくとく　とくとく……。
ああ　この清水で　みんなが心を洗った。

人は、肉体と心の二つの要素で成り立つ。肉体がきれいになると、心も美しくなる。清水を飲んで、身も心もきれいになる。

18日 心の癒やし

なでしこの　暑さわするゝ　野菊かな

（旅館日記）

汗かいて　なでしこの花を見ていた。
ふと　野原へ出たら　もう
小さな野菊が　咲いて
なんとかわいい　かわいい。
ふと
ずいぶん暑かった夏の日を
すっかりわすれる。

暑い日がつづくと心が疲れる。涼しくなると、暑さを忘れ心が癒やされる。野菊の美しさは、忘れられない。

19日　楽しさを生み出す力

花むくげ　はだか童《わらわ》の　かざしかな

（東日記）

むくげの花は　ふわふわ
そよ風に　ゆれている。
裸の子供が
ぽつんと　花を取って
そーッと　頭にさして
かんざしにして　笑っている。

三百年前、衣・食・住は、ぜんぜん貧しかった。でも、裸の子供は、むくげの花をかんざしにして、楽しく生きていた。

20日　変化に柔軟に過ごす

道のべの　木槿《むくげ》は馬に　くはれけり

（野ざらし紀行）

道ばたに
ちいちゃい　かわいい
むくげの花。
もっと　見ていたかったのに
自分が乗っている馬が首をのばし
パクリと食べてしまった。
気の毒で　さびしくなった。

自然の現実には、思わぬことが起こる。現実の変化に不運があっても、こらえる……。

21日 ほれぼれする美しさ

見るに我《が》も　おれる計《ばかり》ぞ　女郎花《おみなえし》

（続連珠）

やわらかく
美しすぎる
女郎の花が
草のしげったところに咲いている。
ふと　つい手で折ってしまった。
手が無意識に出てしまった。
ごめん　でも　あまりにもきれいだった。

ときには、すべてを忘れ、美しいものにほれぼれしてみないと、一生がもたない。

22日 無常観

芭蕉葉を　柱にかけん　庵の月

（蕉翁文集）

明るい月よ
空のふちまで
ひろがって光っている。
このまずしい庵にも興をそえたいから
月の光がのっている　芭蕉の葉とって
柱にかけて　かざろう。

芭蕉の葉は、すごく大きく、でもすぐ破れる。月光に光る芭蕉！　無常観がある。

23日　天命に生きる

猪《いのしし》の　床にも入るや　きりぎりす

（三冊子）

ぐう　ぐう　ぐう　ぐう
まるで　猪《いのしし》の大いびき
うるさくて　たまらん！
その人の床に
すーッと　こおろぎが
しのびこんで
細かく　きれいに鳴いている

大いびきも、天から命ぜられたもの。こおろぎの鳴き声も、天から命ぜられたもの。

※きりぎりすは、いまの「こおろぎ」。

24日　受け入れる強さ

かくさぬぞ　宿は菜汁《なじる》に　唐がらし

（三河国二葉之松）

草のしげった宿
貧しい宿だ。
夕飯は
菜ッぱの汁と
とんがらしだけ……。
でも主人は　貧しさを隠そうともせず
明るく　元気に仕事してる。

貧しい生活をかくさず　貧を受け入れ自信をもって堂々と生きている。

25日　人が輝くとき

何事の　見たてにも似ず　三かの月

（あら野）

あら、あら、あら
なんときれいな　三日月！
鎌のように　するどい
釣針《つりばり》のように　まがっている。
などと　別のものにたとえるな！
なんに見たてようと
三日月の美しさは　たとえられない。

あなたを、別の人に見たてるな！　あなたは自分である時、いちばん輝いている。

26日　異なる美しさ

三日月や　地は朧《おぼろ》なる　蕎麦《そば》畠《ばたけ》

（芭蕉庵三ケ月日記）

ほら　ほら　ごらん
三日月のひかりが
ほのかだから
そば畠の
白い　白い花が
うすく　かすんで
なんと　うつくしい。

名月の明るい光もいい。が、三日月のほのかな光も、言い知れない月下の景色を生む。

27日　心の声

月ぞしるべ　こなたへ入《いら》せ　旅の宿
（佐夜中山集）

月の光が　あっち向いた。

月の光が　こっち向いた。

月の光につられて歩いていると
あッ宿がみつかった。

「あッ　いらっしゃーい」

「こちらへ　どうぞ」

お月さんが　そういってくれた。


声でいわれなくても、お月さんの心の声をちゃんときく。そういう世界がある。

28日　新しい自分

詠《ながむ》るや　江戸にはまれな　山の月
（蕉翁全伝）

表へ出たら
まあ　なんときれいな月が
いま　山の端から昇っていく。
ごちゃごちゃ混雑の東京では
見ることができない月。
ああ　故郷に帰ってきて
なつかしい月が見れてよかった。

同じ月でも場所で、まったく月光の趣が違う。新しい月光で新しい自分も発見できる。

29日 円満な人間関係

物いへば　唇《くちびる》寒《さむ》し　秋の風

（真蹟懐紙）

くちびるに寄ってくる
ちょッと　つめたい秋の風
なにかいおうとして
くちびるをうごかすと
くちびるの上が
氷でも　のせたように
ぞーッと　寒い。

人の短所をいう事なかれ、自分の長所をいふ事なかれ。この句の前書きに、そうある。

30日 人のあたたかさ

秋深き　隣は何を　する人ぞ

（笈日記）

すんだ空を　つきぬけて
秋が　深くなった
しーんと　静かになった
そのとき　隣の家でことこと……。
なんの音なんだろう？
隣の人は　この静かな秋の一日を
どうやって暮らしているんだろう？

旅の途中で病気になったときの句。孤独を愛して旅をしながら、隣の人が　恋しい。

31日　近くにいる友

こちらむけ　我もさびしき　秋の暮

（笈日記）

こちらを向いてくれ！
ちょっと　こちらを向いてくれ！
秋の夕暮れは、なんとさびしい。
私も、淋しい！　さびしい……
秋の夕暮れさん
どうかこちらを向いて
わたしをなぐさめてくれ。

見えない秋の夕暮れを、友と気づく……。一人で生きている友は、秋の夕暮れ。ちょっとさびしくなつかしい。

11月

1日 奈良の息吹

菊の香や　な良には　古き仏達

（笈日記）

右も　ひだりも菊の花
香りが流れる
奈良の道。
この道いっても
あの道いっても
奈良の山里……。むかしから
むかしから　仏さんが坐っている。

奈良という古都を持つ日本は幸運である。日本人ならふとまず奈良へ出掛ける心のゆとりが欲しい。

2日 菊の花のたくましさ

起《おき》あがる　菊ほのか也　水のあと

（続虚栗）

大雨が　ざあッと流れた。
いつの間に　水が
ぐんぐん引いた。
倒れた菊が
泣きじゃくり　起き上がろうとする。
菊の花のたましいよ
手つないで　立て！　立て！

か弱い菊の生命の中に力強さが秘されている。どんな状況にあっても、菊にも生きる力がある。

3日　心を静める

朝茶のむ　僧静也《しずかなり》　菊の花

（ばせをだらひ）

だれも　見てはくれない。
こんなにも　しずかな景色！
いつまでも
じっと　廊下にすわって
禅寺の僧が
庭に咲くきれいな菊を眺めながら
朝茶を飲んでいる。

多忙でない静かな生活を送っていると、ふと視点が変わり、生きている恩恵がわかる。禅僧の生きがいは、菊を見ることだ。

4日　痛みの裏側にある光

琴箱や　古物棚の　背戸《せど》の菊

（住吉物語）

ゆめのように　かすんでいる
古着や　古道具が　ごみごみ……。
その中に　すっきりと
琴を入れる箱が　美しい。
古道具屋の裏の入口には
大きな菊の花が
咲いていた。

過去のごみごみした心の痛みの思い出の中にも、光がある。忘れかけていた琴の音と菊の花の美しさが、ある。

5日　精いっぱい

痩《やせ》ながら　わりなき菊の　つぼみ哉

（続虚栗）

ひとりで　日影で育った
ほっそり　ほっそり
痩せた菊。
花を咲かせる力がないのに
ちいちゃな　ちいちゃな
つぼみが　たったひとつだけ……。
精いっぱい　生きろ！

悪い環境を変えるのではなく、悪い環境をそのまま生きぬいて、精神力をつける。

6日　長生きすること

白菊よ〳〵　恥《はじ》長髪よ〳〵

（真蹟短冊）

白菊よ　白菊よ
どうして　そうして　いつまで
長生きしてるの？
いつまでも　まっ白な髪を
かざしつづけて長生きしていると
恥をかくことが
うんとこ　増えてくるぞ。

「命長ければ　恥多し」。むかしは、長生きは嫌な日にあうから、恥だといった。いまは長生きがありがたい。

7日　朝の美しさ

馬に寝《ね》て　残夢月遠し　茶のけぶり
（野ざらし紀行）

きょうは　まだ　まっ暗やみ
馬の上で　うとうと　うとうと
なごりの夢をみている。
あと　ありあけの月が
遠く　かすかに　浮かんだ。
村里は　朝の茶のけむりが
しずかに　しずかに　空へ……。

うっすらと有明けの月。静かにうごく朝茶を煮る煙。二つの融合が、深い美を産む。

8日　心を潤す月

実《げに》や月　間口千金の　通り町《ちょう》
（江戸通町）

繁栄で　いっぱいの江戸
間口一間の地価が
なんと　千金
にぎやかな日本橋の通り町
美しい町
ここで見上げる月も
やっぱり　千金か？

都会は狭い人間関係で、とかくいやなことも多い。たまには千金の月を見てその思いを消す。

9日　秋風にみる人生

義朝《よしとも》の　心に似たり　秋の風

（野ざらし紀行）

源義朝の一生は　しめって寒い。
父を殺し　弟を殺し
平治《へいじ》の乱に敗れ　美濃に逃げ
ついには
家人に　殺される。
吹きつける　つめたい秋の風は
義朝の心を　そのまましのばせる。

乱世の武士は人を殺して新しい時代を作った。今日の平和な時代はそこが故郷。

10日　置かれた場所で生きる

菊の花　咲《さく》や石屋の　石の間《あい》

（藤の実）

石のにおいが　うつってくる。
歩いて　ゆけば
石材ばかり……。
ほんの　ちょッぴり
石と石の間に
からだを　ゆすりつけて
菊の花が　咲いている。

石の中に菊の花を見つけたとたん、自分の意識が進化する。エネルギーが湧き立つ。花の美しさがわかって、初めて人間となる。

11日 「美」を見つける視点

見どころの　あれや野分の　後《のち》の菊
（芭蕉庵小文庫）

あのはるかな
地平線のところから
台風があばれて
吹きすぎていった。
菊の花は　みんな　ひれ伏した。
そこに……。でも
見るべき　菊の花の景色がある。

うまく咲けない菊の花は、だれも見ないかと思えば、乱れた花の美を見つめる人がいる。

12日 自然体の美しさ

白菊の　目にたてゝ見る　塵《ちり》もなし
（笈日記）

新しい　白菊の花が
ふと　咲いた。
この花　だあれが　つくった？
清らかで　まっ白
まっ白　まっ白な膚《はだ》。
いくら　見つめても　美しい。
ひとつの　チリもない。

白菊も女性も、抜《ぬ》きん出ようとして美しいのではない。みんなに見てもらって喜ばれたいから……。

13日 明るい感情

秋の夜を　打崩《うちくず》したる　咄《はなし》かな

（まつのなみ）

こんなに　さびしい
秋の夜は　知らない……。
だから　もっと　もっと
みんなで　しゃべろう！
いつの間に　秋の寂寥《さびしさ》が
なごやかな　明るいみんなの声で
打ち破られ　すごく楽しくなった。

みんなでしゃべると、なごやかで元気になる。なぜ？　みんなの声に明るい感情がある。みんなの声に命がある。

14日 幸運の支え

おもしろき　秋の朝寝《あさね》や　亭主ぶり

（まつのなみ）

こんなに寝たことは
なかった。ぐっすりと……。
きょうは　寒い秋の朝
ふとんの中で　長くねた。
この宿の亭主は　起さないで
だまって　朝寝をさせてくれた。
なんとも　気持ちのよい亭主だ。

寒い朝、ゆっくり寝坊したい。寝坊は、一日を明るく生きる幸運の支えとなる。

15日 思いを馳せる

手にとらば消《きえ》ん　なみだぞあつき　秋の霜
（野ざらし紀行）

母の遺髪を　手にとった。
さみしい　熱い涙が
秋の霜のなかに……。
霜は　しずしず
いつのまに　消えた。
母のいのちも　わたしの熱い涙に
つられて　消えていった。

母が遠くへ行ってひとりになった。が、なぜか、不思議に母はすぐそばにいてくれる。

16日 諸行無常の世界

秋もはや　ばらつく雨に　月の形《なり》
（笈日記）

雨と風が　ささやく
ぱら　ぱら　ぱら　ぱら
そのうちいつの間にか
秋の日が　去っていく。
毎日　ぱら　ぱら　ぱら　ぱら
月も雨にうたれ　疲れはてて
ゆるやかに　痩せていく……。

秋の日も月も　急速に姿が変わる。世界の変化ものり越えて、みんなで平和をつくっていこう！

17日 物事の見方

枯枝に　烏のとまりたるや　秋の暮

（東日記）

枯れた枝……。
葉も　花もなくて　つまらない。
枝にとまっているのはカラス……。
まっ黒で　美しくない鳥
空が　いま　ぱあッと夕焼けになった。
とたんに　枯枝も　烏も　夕焼けをバックに
墨絵のように　深く輝いて美しい。

ごみだらけの山も、美しい夕焼けの光で、いい景色となる。人の暗い心にも、光だ。

18日 死後の世界

愚《ぐ》案ずるに　冥途《めいど》もかくや　秋の暮

（俳諧向之岡）

この美しい秋の夕暮
音がなっているように　光る。
わたしは　考える。
この世に別れをつげて
わたしが消えていく冥途も
きっと　きっと　この晩秋の
夕焼けのように静かで美しい所だ。

「死」をいかに迎えるか。死後の世界は秋の夕暮のように美しい所だと安心しよう。

19日　「死」の捉え方

しにもせぬ　旅寝の果《はて》よ　秋の暮
（野ざらし紀行）

いのちは　だまって　旅をした。
死んでも　いい。
そう思って
長い旅に出たのに
一日　また一日と死ぬ思いで
旅寝を重ねて　秋の終わりに
生きながら　ここまで着いた。

「死んだらどうしよう」。一日が暗くなる。
「死んでもいい」。一日が明るく勇気が出る。

20日　いのちの終わり

蛤《はまぐり》の　ふたみにわかれ　行秋ぞ
（おくの細道）

はまぐりの　蓋と身が
静かに　分かれた。
だまって　それを見ていた。
つらいだろうなあ！
わたしも　いま　秋に別れ
みんなとも　別れ別れになって
二見に向かって　旅に立つ。

いのちには、別れがある。花はすべて
ポタリと落ちて、そのまま別れていく。

21日 いのちの循環

行秋の　なおたのもしや　青蜜柑《あおみかん》

（浮世の北）

秋は　きのう
終《お》えました。
葉ッぱも実も　みんな
赤く染って　散りました。
小さな　小さな　青みかん！
みんな衰えるとき
青々として　頼もしい。

梅の花が落ちる。と、さくら。柿がなくなると青みかん。永遠に美の生死は繰り返す。

22日 秋への慕情

行あきや　手をひろげたる　栗のいが

（続猿蓑）

やがて　好きな秋が
かくれてしまう。
栗のいがが
手をひろげて
パックリ　口をあけ
「秋よ　待ってくれ」
と　いっしょうけんめい　叫ぶ。

寒い冬は、嫌だ。いつまでも秋であってほしい。人間の欲求を、栗も、知っている。

23日　生き方の本質

此《こ》道《の》や　行《ゆ》人《く》なしに　秋の暮

（笈日記）

ほら、この道を歩いている人は
ひとりも　いない。
秋も末になった。
しずかな夕ぐれだ。
なんて　美しい空
だれもいないから　たったひとりで
この道に　ずーッと　たたずんでいる。

一人ぼっちで、自分の道を、歩きつゞける。これが、人間本来の生き方の本質である。

24日　美しい生き方

秋風や　軒をめぐつて　秋暮《く》ぬ《れ》

（笈日記）

明るい秋よ
すずしい秋よ
秋の風は
家の軒先を
ぐる　ぐる　ぐる　ぐる
吹きめぐって
あゝ　とうとう　この秋も　暮れた。

わたしたちが、自然を愛するのは、なぜだろう？　自然は、平気で生命をすてるから……。

25日 深く見つめる

見渡せば　詠《ながむ》れば見れば　須磨の秋
（芝肴《しばざかな》）

須磨の秋は
いきいきしている。
どこどこまでも
ずーッと　見渡してみても
しーんと　眺めてみても
なんども　なんどもみても
須磨の秋は　心ゆくまで　趣き深い。

なんでもかんでもよーくふかーく見つめ直してみると、幸せに生きるカギが見つかる。表面だけ見てすぐ口を出さない。

26日 新たな旅路

おくられつ　おくりつはては　木曽の秋
（あら野）

木立のしげみで
笑顔でおくられ
野ばらのかげで
あかるくおくり
おくったり　おくられたりしながら
とうとう　秋の木曽路を
ひとりで　歩いて旅をしている。

人と別れたった一人になってため息をつきながら、みずみずしい感性で俳句を生む芭蕉！

27日　何気ない幸福

秋涼し　手毎《てごと》にむけや　瓜茄子《うりなすび》

（おくの細道）

そこの瓜を
はいおくれ！
あそこの茄子を
はいおくれ！
みんな　みんなうれしそうに
自分の手で　皮をむく。
涼しい秋風！　みんなでいただきます。

明るい笑顔にかこまれると、食事がおいしく食べられる。言い知れない食事の幸福だ。

28日　外から見た自分

旅人と　我名《わがな》よばれん　初しぐれ

（笈の小文）

つめたく　さみしい　初しぐれ
そっと　落葉の上を歩いてゆく。
「旅人さん！」
ふと気がつくと　宿の前だ。
えッ　生まれて　はじめて
「旅人さん」と　よばれた。
うれしい！　うれしい！

旅は芭蕉の生活。「旅人さん」と呼ばれたら、きわめてつらい旅が　楽しくなった。

29日　命の尊さ

振売《ふりうり》の　雁《がん》あはれ也　ゑびす講
（すみだはら）

それは　やっぱりかわいそう。
雁が　背なかにかつがれて
ぶらぶら　ふられながれ
雁《かり》かりとその名を呼ばれて
どんどん売られていく。
きょうは　えびす講
町はお祭り気分で　いっぱい

雁は、悪さを一つもしないのに、楽しいお祭りの日に、みんなに食べられてしまう。

30日　感性

行雲《ゆく》や　犬の欠尿《かけばり》　むらしぐれ
（六百番誹諧発句合）

犬が　ひとりで走って
ときどき　止まって
じゃー　じゃー　小便する。
空行く雲から
ときどき　ざあざあとしぐれ
ふと止んで　また　ざあざあ……。
犬の駆《か》け尿《にょう》と　そっくり。

犬の小便と、しぐれの雨を一つにするところに、芸術の迷いのない世界がある。

12月

1日　生かされた存在

初しぐれ　猿も小蓑《こみの》を　ほしげ也

（猿蓑）

猿にきいたら
猿も　小さな蓑がほしいと
初しぐれに　ぶるぶるふるえている。
冬の最初のしぐれは
さむい　さむい。
しぐれが降る　また強くしぐれが降る
わたしだって　蓑が　ほしい。

天地の間生きているすべての生きものは、自然の大きな生命で生きている。みんな友達。

2日　初しぐれ

初時雨　初の字を我《わが》　時雨哉

（栗津原）

突然　しぐれが降ってきた。
この年はじめての……。
初ゆき、初しも……。
今日は、その初という字がつく
初しぐれ……。
この初がつく初しぐれこそ
私は　愛してやまない。

「初」という字がつくだけで、同じものがまったく別のものに変化する。不思議だ。

3日　自然の中で生きる

いづく霽《しぐれ》　傘を手にさげて　帰る僧

（東日記）

どこかで　しぐれが降ってるな？
びっしょり　ぬれた傘を
しっかり手に持って
歩くたび　傘をふりふり
夕方の寺へ
ひとりぽっちで　僧が
あわてて　帰っていく……。

映画の一シーンのような趣のふかい風景である。もし、僧が寅さんだったら面白い。

4日　変化しつづける「いま」

かさもなき　我をしぐるゝか　こは何と

（あつめ句）

それは　ほんとに困った。
旅で　つかれ……。
笠を持っていないのに
つめたい　つめたい
しぐれが　降ってきた。
いったい
どうしたらいいというんだ！

いくら困っていても「いま」はすぐ変わる。時雨はいつまでも降ってはいない。

5日　富士の山

一尾根《ひと》は　しぐるゝ雲か　ふじのゆき
（泊船集）

きらり　きらきら
青空に
雪いっぱいの富士の山
その富士山の
ひとつの尾根だけ
しぐれを降らせる雲が
すばやく　流れている。

今日俳句の季語は一句一つと決まっている。しぐれ、雪と芭蕉は季語を二つ平気でつかう。あまりキメは作らない方がよい。

6日　自然との共鳴

人〳〵を　しぐれよやどは　寒くとも
（蕉翁全伝）

白くやさしいしぐれよ
もう少し　もう少し
降っていておくれ
今夜は　人が集っている。
寒くなってもいいから
みんなを　静かな風情で
つつんでやってくれ！

やさしく降っているしぐれの中で、人の心がいい知れないおだやかさに包まれる。

7日　変化を楽しむ

茸《たけ》狩や　あぶなきことに　ゆふしぐれ

（真蹟画賛）

すきな　きのこを
残らずとって
夕ぐれの道を
つつましく
帰って　家についたとたん
はげしい　しぐれ！
あぶなく　濡れるところだった！

忙しい毎日を送っていると、楽しみがわからなくなる。突然降るしぐれは、楽しい。突然は、楽しみだ。

8日　いのちの源

作りなす　庭をいさむる　しぐれかな

（真蹟懐紙写）

きれいに　きれいに
草とって
きれい　さっぱり
その庭に
ふと　しぐれが降って
どんどん　どんどん　草も木も
生き生きしてきた。

急にパラパラと少時間降るのが、時雨だ。だらだら長いつゆの雨よりも、あッという時間も楽しませてくれる。

9日　隠せぬ人柄

宿かりて　名をなのらする　しぐれかな
（続猿蓑）

しぐれだ。
ぬれたら　たいへんだ。
雨のやむまで　宿をかりよう！
すみません　芭蕉と申しますが
ちょッと　宿らしてください……。
あッ　聞かれないのに
うっかり名乗ってしまった！

宿先をかりるにも名前をふと口にするよう芭蕉の素直なやわらかい心が、見事な俳句を生む。

10日　最良のこと

馬かたは　しらじしぐれの　大井川
（泊船集）

この澄んだ
大井川のしぐれは
うつくしく　風趣が深い。
わたしは　馬にのって
しぐれをしみじみ味わっている。
馬方は　しっかり手綱をにぎって
ひたすら　歩いているだけ……。

いついかなる時も、人びとはその時点でできる最良のことを、それぞれしている。

11日 人の縁

しぐれ行《ゆく》や　船の舳綱《へづな》に　とり付《つき》て
（はしらごよみ）

あの船は
突然　はげしいしぐれに降られて
どこへ行くんだろう！
見送りの人は
船の先についた綱をにぎって
びしょぬれになって
別れを　惜しんでいる。

人と人を結びつけている目には見えない
縁の糸は、いつかどこかで断ちきられる。

12日 別れと愛情

霜をふむで　ちむば引《ひく》まで　送りけり
（茶のさうし）

すばやく　つめたい
霜を踏んで
名残惜しさに
どこまでも　送っているうち
片足が急に不自由になって
よたよた　歩いていた。

別れとは、友を失うことだ。別れには、
別れたくないという、深く強い愛情がある。
いつまでも一緒にいたい！

13日 時代の移り変わり

貧山《ひんざん》の　釜霜に啼《なく》　声寒し

（みなしぐり）

夜がふけると
霜が　ぐんぐん　ぐんぐん
沈むように　おりてくる。
寒い。おお　寒い。
貧乏寺の釜が
ぶるぶる　ふるえる声をあげて
なんと　寒そうなこと……。

いますたれた貧乏な寺が、どんどん廃寺となっている。寺はいろいろな物語を生むのに……。寺よ！　がんばってくれ……。

14日 前向きに過ごす

薬のむ　さらでも霜の　枕かな

（笈日記）

東の空のしらむころ
霜が　しずかに　おりてくる。
だまって　一人
そうでなくったって
心細いのに　すっかり疲れ
とうとう　にがい薬まで
ぐいッと飲むように　なった。

芭蕉はつらいストレスに拍車をかけない。つらい前日のことは、すぐ忘れる。まさに、日々是れ好日なり……だ。

15日 いまを楽しむ

かりて寝《ね》む　案山子《かがし》の袖や　夜半の霜
（其木がらし）

どこをさがしたって
宿が　ない。
今夜もまた野宿かぁ……。
夜半になって　霜が降る。
案山子の着物の袖をかりて
寒さをしのんでねるとするか……。
あゝ　しんしんと　寒い。

ガタガタ寒くてつらいけど、案山子《かかし》の袖をかりようとしたユーモアな姿に、ほっとする。

16日 感謝と喜び

みな出《いで》て　橋をいたゞく　霜路哉
（泊船集書入）

みんなして　飛び出した。
わーッ　新しい橋が　かかった。
ありがとう！　ありがとう！
だれも手を合わせ
頭をさげながら
霜がのったさむい橋の上を
わいわい踏みしめていく……。

橋がかかった感謝と喜びがあふれたチャンスを逃さない。寒くとも皆で喜ぶという歓喜の舞台はすばらしい。

17日 みんな同じ

水寒く　寝入かねたる　かもめかな

（あつめ句）

ひとりぽっちの
かもめさん！
小さな川の水も
寒く　寒く流れて　寒くて
ねむれないいんだね。
わたしも　おんなじなんだ。
寒くてねむれないいんだよ。

寒くてねむれなくても大丈夫。こんな寒い日は川までだれも彼もねむれないいんだと、心を休める。

18日 あたたかい火

ごを焼《た》て　手拭《てぬぐい》あぶる　寒さ哉

（笈日記）

あゝ　よかった。
やっと　いい宿がみつかった。
自分の家みたいな気持ちで
ノレンを　はらう。
寒い山を　こごえるように歩いてきた。
古い松葉が　燃えさかっている。
両手をかざして　手ぬぐいをあぶる。

ちょッと、松葉の焚火《たきび》で凍りついた寒さが消える。あたたかい火で、寒さがしのげる。

19日 かなしみを糧にする

袖の色　よごれて寒し　こいねずみ

（蕉翁句集）

父を失った。
大きな　大きな涙が流れ
袖が　濃いねずみ色に
よごれてしまった。
さみしい　さみしい寒さが
あまりわからなかった父の恩を
しーんと　教えてくれる。

人は、みんないつかこの世を去る。このかなしい事実を受け入れて、今日一日を楽しく明るく生きる。

20日 心の支え

其《その》かたち　見ばや枯木の　杖の長《たけ》

（芭蕉庵小文庫）

やれ　やれ　枯れても
こんなに　長い杖
去年あの世に行った人が
とても愛して　つかっていた杖だ。
杖をしみじみ眺めていると
その人の姿が
しずかに笑って見えてくる。

父が残してくれた絹の角帯。それを手にすると　ふと　父の笑顔が浮かぶ。遺品があるとその人を忘れない。

21日 永遠のいのち

花皆枯《かれ》て　哀《あわれ》をこぼす　草の種

（ひとつ松）

あんなに　きれいに
きれいに　きれいに　咲いてた花
みんな　みんな　散ってしまった。
花草の種が
しくしく　しくしくしく泣きながら
パラ　パラ　パラ　パラ
こぼれ落ちている。

うつくしい花いつまでも……。親しい人いつまでもずーッと　生きていてほしい。

22日 生命力

ともかくも　ならでや雪の　かれ尾花

（北の山）

日本中なつかしい
かれ尾花でいっぱいだ。
北国では雪がどんどん降って
みんな頭が　雪でうまった。
あたたかい風が吹いたら
どうかそのまま元気で
もとの姿で　生きていてくれ！

かれ尾花は、重たい雪にうまっても、もとのままで生きている。その力は不思議というよりほかはない。

23日　生きている喜び

寒菊や　醴《あまざけ》造る　窓の前

（荊口宛書簡）

あま酒を　おいしいあま酒を
ひとりぽっちで　つくっている。
甘い　甘いその香りで
こころが　ふくらむ。
窓のすぐ前で
寒菊が　ひっそり
ひとりで咲いている。

寒い日に菊の花を眺めつつあたたかいあま酒を飲む。生きてる喜びがガッと湧く。そんな時間が生きがいなのだ。

24日　鳥の声

冬牡丹《ふゆぼたん》　千鳥よ雪の　ほとゝぎす

（野ざらし紀行）

庭のふちに
冬の牡丹が　いっぱい咲いた。
千鳥が　ちちと鳴く。
おまえのつつましい声は
まっ白な雪のなかで
ほとゝぎすを聞いたような
素晴しい融和な世界をひらく。

戦わないで争わないでニコニコ笑って生きたいなら、たくさん鳥の声をきくことだ。

25日 それぞれの美しさ

菊の後《のち》　大根の外《ほか》　更になし

（陸奥衛）

菊の花のおかげで
つつましく　明るかった。
待てよ
菊の花のあとは　もう花はない。
年の最後を飾る菊の花……。
それと別れてたのしむものは
あとは大根だけしかないか？

まわりを変える必要はない。何がよくて何が悪いかはない。菊も大根もそのまま楽しめばいいい。

26日 まだ見ぬ喜び

先祝《まず》へ　梅を心の　冬籠《ごも》り

（あら野）

ずーっと　長い間
寒さに　ちぢんでいる人に
寒がってばかりいないで
年があけ　春がくれば
すぐに梅の花が咲き誇る。
花の美しさを　いまから祝ってやろう
……。
と　いってやれ！

寒さで動きたくなかったら、春のさきがけの梅の花の美しさを認識する。頑張れるぞ。

27日 山のあたたかさ

折〳〵に　伊吹をみては　冬ごもり

（冬かつら）

冬が　飛んできた。
きよの空も　寒い。
ぶるぶる　ふるえて
部屋にこもる。
折々に　いくども　いくども
伊吹山を見る。
あたたかそうで　いい暮らしぶりの山だ。

冬で寒くても、山はあたたかさを見せてくれる。雪のきれいな富士山も、なんとあたたかい。

28日 一瞬一瞬を楽しく生きる

あら何共《なんとも》なや　きのふは過ぎて　河豚《フクト》汁

（江戸三吟）

ああ　なんともなくて
よかった、よかった。
忘年会で　ふぐの汁を食べて
びくびく　びくびくしていたが
きのうも　無事にすぎ
今日も　こんなに元気だ。
あたらなくて　よかった。よかった。

うまいと楽しむ。大丈夫かと心配し、安心する。ときめいていれば、いつも若返る。

29日　友と語らう

半日《はんじつ》は　神を友にや　年忘レ

（俳諧八重桜集）

ああ　一年が終った。
ずいぶん　苦労したね。
暮れは　いくら忙しくても
半日ぐらいは
神さまを友だちに
みんなで　楽しく
年忘れをしようか。

神さまは、はるか高い彼方にいない。いつでも、すぐそばにいる友だちだ。

30日　生と死と夢

旅に病《やん》で　夢は枯野《かれの》を　かけ廻《めぐ》る

（笈日記）

きょうも　生きていた。
が、旅のなかで
ひどく病んでいる。
あしたは　この世にいないだろう。
ああ　わたしの旅する夢は
しずかで　さびしい枯野を
どこまでも　かけ廻《めぐ》っている。

生と死はつながっている。だから、夢はどこまでも生きぬく。芭蕉の辞世吟の光る一句だ。

31日 心の自由を求める旅

年暮《くれ》ぬ　笠きて草鞋《わらじ》　はきながら

（野ざらし紀行）

ちっとも　飽《あ》きずに
雨の日も　雷《かみなり》さんの日も
夜は　お月さんと友だち
いつでも　どこでも
しっかりと笠をかぶって
草蛙をはきながら
旅の今年も　暮れていく。

ひとの住む心の世界のせまさ。芭蕉の旅は、心の自由を求めた「夢」の世界だった。

あとがき

芭蕉のことばの中で、いちばん大事にしているのは、
　昨日《きのう》の発句は　今日《きょう》の辞世、
　今日の発句は　明日の辞世。
かも知れない。

わかりやすくいうなら、「わたしの詠んだ俳句は、一句一句みな辞世の俳句なんだよ」と、なる。辞世の一句とは、この世を別れるときに詠んだ俳句というわけだ。
「辞世の時」とは、実はだれも経験できない別世界の領域だが、ふつうの気持ちでいうと、「これっきり、これっきり」とか、「もう二度とない」ぐらいで、いいのか。

かつて、わたしの尊敬する道友、龍沢寺の玄郁《げんいく》和尚は、話すたびに「時《じ》切り、場《ば》切り」

でいこう。と、熱っぽくいってくれた。「時切り」とは、去った時のことは忘れよう、「場切り」とは、場所が変わったら、その場所のことを、いつまでもくよくよ考えないですぐ忘れよう！　という意味だったらしい。禅の思想である。

芭蕉は、禅の修行をしている。禅の生き方で大切なのは、今日一日は、これっきりで二度と来ないから、きのうのことをぐちゃぐちゃ考えたり、あしたのことを、あれこれ心配しないで、今日一日を大切にして、今日一日を楽しく、明るく生きなさい……ということだ。

今日に生きる。いまに生きる。とてもむずかしいことだが、いってみれば、この一日が、「辞世の一日」となる。これっきりの一日、終わったら二度と来ない一日を尊く大切に生きよう！

一句一句が辞世の俳句であるとは、一句一句が尊く大切である、というふうに考えても、それ程大きな間違いではない。

わたしは、「一句として辞世ならざるはなし」という芭蕉の言葉を、「一日として辞世の日ならざるはなし」というふうに勝手につかわせてもらっている。まあ、今日一日は今日かぎりで一度だから、心安らかに、しずかに明るく大切に生活していこう……と。

しかし、いうは易く、行うは難しで、なかなか、うまくいかない。

せめて、これからいただく一日一日を、

チョッピリ　友と修行しながら
チョッピリ　庭を掃除しながら
チョッピリ　本を読みながら
チョッピリ　文章をかきながら
チョッピリ　クレイダーマンのピアノをききながら
チョッピリ　ピアノをひきながら
チョッピリ　文学講座をしながら
たっぷりと　いままでお世話いただいた方に感謝しながら……。

いのちが喜ぶ、楽しい辞世のありがたい一日を、すごしたい。

実は、わたくしの大学の卒業論文が、「芭蕉のわび」についてだった。「わび」の世界は、まったくわからなかった。なんと、あれから約七十年をすぎ、九十歳を越えて、いま、藤尾秀昭社長から、本書のテーマをいただき、芭蕉発句九百八十余と珠玉のことばから、三百六十六句を選びながら、芭蕉の芸術の世界の広さと深さを、しみじみと実感できた。

本書のおかげで、微力ではあったが、七十年ほぼ一生をかけて学習した「芭蕉のわび」の世界も、はっきり、つかめた。本書を書かせていただきながら、つかめた。

編集部の企画にも、低頭して、ありがたく感謝している。

令和五年　秋の日

著者

【参考文献】

「芭蕉の芸術―その展開と背景」広田二郎（有精堂）
「芭蕉と仏教」佐藤円（桜楓社）
「芭蕉―その鑑賞と批評」山本健吉（新潮社）
「飛花落葉」加藤楸邨（永田書房）
「芭蕉上・下」栗田勇（祥伝社）
「芭蕉物語上・中・下」麻生磯次（新潮社）
「三冊子評釈」能勢朝次（名著刊行会）
「芭蕉七部集評釈」安藤次男（集英社）
「日本古典文學大系45芭蕉句集」（岩波書店）
「日本古典文學大系46芭蕉文集」（岩波書店）
「芭蕉―その旅と俳諧」広末保（日本放送出版協会）

〈編著者略歴〉
境野勝悟（さかいの・かつのり）
昭和7年神奈川県生まれ。早稲田大学教育学部卒業後、私立栄光学園で18年間教鞭を執る。48年退職。こころの塾「道塾」開設。駒澤大学大学院禅学特殊研究博士課程修了。著書に『日本のこころの教育』『「源氏物語」に学ぶ人間学』（共に致知出版社）『芭蕉のことば100選』『超訳般若心経』（共に三笠書房）など多数。

松尾芭蕉一日一言《いちにちいちげん》

令和五年十一月三十日第一刷発行

編著者　境野　勝悟
発行者　藤尾　秀昭
発行所　致知出版社
〒150-0001 東京都渋谷区神宮前四の二十四の九
TEL（〇三）三七九六—二一一一
印刷・製本　中央精版印刷

ISBN978-4-8009-1296-1 C0095
ホームページ　https://www.chichi.co.jp
Eメール　books@chichi.co.jp
装幀——スタジオファム
カバー画——奥の細道行脚之図（天理大学附属天理図書館蔵）